假如
比尔街
可以作证

If Beale Street Could Talk

James Baldwin
[美] 詹姆斯·鲍德温 著
杜先菊 译

上海译文出版社

献给　若兰

目　录

玛丽，玛丽，
你给那个漂亮的婴儿
取了什么名字？

第一部

为我的灵魂担忧

我看着镜子里的自己。我知道我受洗时的名字叫克莱门汀，所以如果大伙儿管我叫克莱门，想想看，就算是叫我克莱门汀，应该也可以，因为这毕竟是我的名字。但他们都不这么叫我。大伙儿都管我叫蒂希。我觉得这样也行。我累了，我开始想，说不定所有发生的事情都有道理。是这样的：如果没有道理，这样的事情怎么会发生？不过这个想法实在是很可怕。有了这样的想法，肯定是因为遇到麻烦了——而且是遇到了没有道理的麻烦。

今天，我去看范尼。范尼也不是他的名字，他受洗的时候名字叫阿朗佐——人们要是管他叫朗尼，说不定还说得过去。但是，不，我们一直叫他范尼。他全名叫阿朗佐·亨特。我生下来就认识他，我也希望我一直和他相知到老。但是，我只是在要告诉他什么特别严重的坏消息时，才管他叫阿朗佐。

今天，我说："阿朗佐?"

然后他就看着我，带着那种警觉的表情，每次我喊他的大名，他都是这个表情。

他在坐牢。我们就在这里，我坐在一面大墙前的长凳上，他也坐在一面大墙前的长凳上。我们面对面，中间是一道玻璃墙。隔着墙听不清对面人说的话，于是你们俩都有一只小电话。你得通过电话说话。我不知道人为什么在电话上说话时都低着头，但他们总是低着头。你得记着，说话的时候，要抬头看着和你说话的那个人。

我现在记住了，因为他在坐牢，我爱他的眼睛，每次我看见他，都担心我以后再也见不到他了。于是，我一到那里就拿起电话，握着电话，一直抬头看着他。

然后，我说"阿朗佐?"的时候，他低下头去，然后他又抬起头来，他笑了，握着电话，等待着。

我祈盼，任何人，凝望着他们挚爱的任何人时，中间不要隔着一道玻璃。

我本来想那么说的，说出来却全然不是那么回事。我本来想若无其事地说出来，这样他就不会太难过，这样他就会明白，我说的时候，心里并没有任何责怪他的意思。

是这样的：我了解他。他很骄傲，他也爱操心，仔细寻思一下，我也知道，这是他蹲监狱的主要原因，不过这一点他不知道。他已经操心过度了，我不想让他为我操心。实际上，我必须告诉他一件事，而我压根儿就不想告诉他。但是，我知道我必须告诉他。他必须知道。

我还想，等他不那么操心的时候，当他晚上独自躺着的时候，当他独自一人的时候，当他处在自己最深邃之处的时候，或许，想起这件事，他会高兴起来。这对他可能会有好处。

我说："阿朗佐，我们有孩子了。"

我看着他。我知道我在微笑。他的脸看着像是在水中飞速下沉。我摸不着他。我多么想抚摸他。我又笑了，我握着电话的手湿透了，有一个刹那，我根本就看不见他，我摇摇头，我的脸湿润了，我说："我很高兴。我很高兴。你别担心。我很高兴。"

但他现在离我那么遥远，孤零零一个人。我等着他回过神来。我可以看见这个念头闪过他的脸：我的孩子？我知道他会想到这个。我不是说他会怀疑我，但男人会这么想。他在那里独自一人、离我而去的那几秒钟之内，这个孩子是世界上唯一真实的东西，比监狱更加真实，比我更加真实。

我应该早点说出来：我们没有结婚。这件事对他更要紧，对我来说没那么要紧，但我理解他的感觉。我们本来是要结婚的，但他进监狱了。

范尼二十二岁。我十九岁。

他问了我一个荒唐的问题："你肯定?"

"不。我不肯定。我说这个纯粹是搅和你的脑子。"

他乐了。他乐了，因为这下子他回过神了。

"咱们怎么办?"他问我——就像个小男孩一样。

"哦，我们总不能把他淹死。所以，我想我们得把他养大。"

范尼仰起头来，大笑起来，笑得眼泪都流出来了。然后，我就觉得，第一步，我一直最担惊受怕的部分，应该没事了。

"你告诉弗兰克了吗?"他问我。

弗兰克是他爸爸。

我说："还没呢。"

"你跟你父母说了?"

"还没呢。不过你不用担心他们。我只是想先告诉你。"

"啊，"他说，"我也觉得这么做更合适。一个孩子。"

他看着我，然后低下头来。"你怎么办呢，真的?"

“我该干吗还干吗。我要一直上班，上到最后一个月。然后，妈妈和姐姐会照顾我，你不用担心。而且，不管怎么说，那时候你早该出来了。”

“你敢肯定?”他微笑着问。

“当然了。我敢肯定。我一直坚信这一点。”

我知道他怎么想，但我不能让我自己也那样想——现在不行，看着他的时候不行。我必须语气坚定。

范尼后面出来一个人，他该走了。范尼笑着，举起拳头，他总是举起拳头，我也举起我的拳头，他站起来了。在这里看见他，看见他有那么高，我总是有点吃惊。当然，他瘦了，瘦了之后也显得更高了。

他转过身，走出门去，门在他后面关上了。

我觉得头晕。我一整天没有吃什么东西，天色也晚了。

我走出门来，穿过那些我越来越痛恨的又长又宽的楼道，这些楼道比撒哈拉沙漠还要宽阔。撒哈拉沙漠从来不是空旷的；这些楼道也从来不会空旷。如果你穿越撒哈拉沙漠，如果你倒下了，秃鹫闻到了你的死亡，觉得你要死了，会渐渐过来绕着你飞。它们飞得越来越低，它们等候着。它们知道，什么时候灵魂不能回来了，肉体就准备就绪了。穷人总是在穿越撒哈拉沙漠。律师、担保人和整个人群都绕着穷人飞，跟秃鹫一模一样。当然，他们也并不比穷人富裕多少，正因为如此他们才变成了秃鹫、食腐动物、无耻的垃圾拾荒人，我这里说的也包括黑人。从多方面看，黑人更糟糕。凭良心说，我真该觉得羞耻。但是，我得好好想想，我现在想，说不定我不用觉得羞耻。我不知道，为了把范尼救出监狱，我还能有什么不能做的事情。在那里，我从来没有碰到过别的羞耻，除了我这样的羞耻，除了那些辛勤劳作、称我为闺女的黑人老妇的羞耻，还有那些骄傲的波多黎各人的羞耻，他们不知道出了什么事，比如说，和他们交谈的人都不会说西班牙语，他们只是因为他们亲爱的人进了监狱而感到羞耻。但是他们不该感到羞耻。那些主管这些监狱的人才应该觉得羞耻。

我一点也不为范尼感到羞耻。恰恰相反，我为他自豪。他是一条汉子。看看他是怎样承担这一切荒唐事的，你就知道他是一条汉子。我承认，我有时候感到害怕，因为没有人能够永远承受他们强加在我们身上的种种摧残。然而，你总得想个法子从一天捱到下一天。如果你想得太远，哪怕你只是试图往长远处想一想，你根本就没法活下去了。

我有时候坐地铁回家，有时候坐公共汽车。今天，我坐了公共汽车，因为坐公共汽车花的时间稍微长一些，我心里有很多事情要想清楚。

遇上麻烦事，对人的头脑会产生奇怪的影响。我不知道能不能说清这件事。你就这样度过一些日子，你好像能够听见人说话，你好像也在和他们说话，你好像是在做着你该做的事情，或者，至少你的活儿是干完了。但是，你一个人也看不见，一个人也听不见。如果谁问你，你那天干什么了，你还要想一想才能回答。与此同时，就是在这同样一天——这一点真是很难解释——你看见的人，又和你从前所看到的完全不同。他们像刀片一样熠熠闪光。可能你看他们的方式，和你出事之前看他们的方式有所不同。可能你在琢磨他们是怎么回事，但琢磨的方式有所不同，于是他们就变得有些陌生。可能你害怕、麻木了，因为你再也不知道，如果你碰到什么事情，是不是能够指望什么人帮忙。

而且，即使他们想帮忙，他们又能做得了什么？我不能跟公共汽车上的人说，喂，范尼出事了，他进监狱了——你能想象，如果他们听我亲口告诉他们，我爱一个蹲监狱的人——我知道他从来没有犯过什么罪，他是个美好的人，请帮帮他——你能想象，这辆公共汽车上的人会对我说什么吗？你能想象，这辆公共汽车上的人会说什么吗？你会说什么？我不能说，我会把这个孩子生下来，我也很害怕，我不想我孩子的父亲出什么事，别让他老死在监牢，求求你，啊，求求你！你不能这么说。这就意味着，你什么也不能说。麻烦就在于你孤单无依。你坐下来，你看着窗外，你心里琢磨着，你会不会下半辈子就这样坐着这趟公共汽车来回往返。如果你只能这么着，那你的孩子呢？范尼又会怎么样呢？

如果你以前喜欢过这座城市，那么现在你不喜欢了。一旦我摆脱这件事，一旦我们摆脱这件事，我发誓，我再也不会到纽约城里去了。

从前，我可能喜欢过纽约，很久以前，爸爸曾经带着我和姐姐来这里，我们会在这里看人，看大楼，爸爸会给我们指点不同的景点，我们会在炮台公园逗留，吃冰激凌、吃热狗。那些日子真是美好，我们总是很幸福——但那是因为我爸爸，而不是因为纽约。那是因为我们知道我们的爸爸爱我们。而现在，我知道，我现在当然知道，这座城市不爱我们。他们看着我们，就像我们是斑马一样——而你知道，有些人喜欢斑马，有些人不喜欢。但谁也不会去问问斑马自己感觉如何。

确实，除了费城和奥尔巴尼，我也没有见过多少别的城市，但我敢发誓，纽约肯定是世界上最丑、最脏的城市。它肯定有最丑陋的建筑和最乖戾的人群。它肯定有最坏的警察。如果哪个地方更糟糕，那肯定是个离地狱很近地方，你能闻到煎炸人的味道。仔细想想，这恰恰就是夏天时纽约的味道。

我是在这座城市的街道上碰见范尼的。我还很小，他没那么小。我六岁左右——差不多就那么大，他九岁左右。他们住在街对面，他和他们家人，他的妈妈和两个姐姐还有他爸爸。他的爸爸开着一间裁缝铺子。现在回头看看，我有点纳闷，他开这间裁缝铺究竟图的是什么：我们认识的人都没钱把衣服带到裁缝铺里去——不，说不定隔好长时间有那么一个。但是，我觉得光靠我们支撑不了他的生意。当然，我听人说，人们—有色人种—不像我父母拼命维持生计时那么穷。他们也没有我们还在南方的时候那样穷。但我们那时确实穷，眼下我们还是穷。

我们有一天放学后打了一架，我才真正注意到范尼。这一架其实跟范尼和我都毫无关系。我有个叫热纳瓦的女朋友，她是个很傲气、不修边幅的女孩，头发紧紧地贴着头皮编成辫子，粗大的灰色膝盖，长腿，大脚。她总是在惹麻烦。很自然，她是我最好的朋友，因为我一无是处。我瘦骨嶙峋，胆小怕事，于是我就跟着她，沾上她惹的麻烦。真的，别人谁也不理我，而且，你也知道，也没有别人理她。哦，她说，她真受不了范尼。每次她看他一眼，她都觉得恶心。她总是在告诉我，他有多么难看，皮肤像刚削掉的湿湿的土豆皮，眼睛像中国人的眼睛，还有那毛茸茸的头发和那厚厚的嘴唇。他的腿罗圈得那么厉害，他的踝骨上都有囊肿了。还有他的臀部那么翘着，他妈妈肯定是一只大猩猩。我同意她说的，因为我不得不同意，但我并没有觉得他真的那么糟糕。我还真有点喜欢他的眼睛，而且，说实话，如果中国人有那样的眼睛，我还真想到中国去。我从来没有见过大猩猩，所以在我看来；他的臀部也正常得很。而且，说实话，要是仔细想想的话，他的臀部还真没有热纳瓦的臀部大。直到很久以后，我才意识到，对，他确实有点罗圈腿。但是，热纳瓦总是在招惹范尼。我觉得他压根儿就没有注意到她。他总是忙着和他的朋友们玩儿，那都是街区里最坏的一帮孩子。他们总是在街上晃悠，穿得破破烂烂，流着血，磕磕碰碰浑身是包，就在这次打架之前，范尼还被打掉了一颗牙。

范尼有个朋友叫丹尼尔，一个大块头黑人男孩，丹尼尔跟热纳瓦有点不对付，就像热纳瓦跟范尼有点不对付。我不记得事情是怎样起头的，不过，结果是，丹尼尔和热纳瓦两人都在地上，两个人在地上打滚，我想把丹尼尔从热纳瓦身上拖开，范尼在拉我。我转过身来，从垃圾桶里抓起我能够拿到的唯一的东西，打了范尼。我抓住的不过是一根棍子，但棍子上有一颗钉子。钉子划过他的脸，划破了皮，血开始滴下来。我吓坏了，不敢相信我的眼睛。范尼把手捂在脸上，看看我，又看看他的手，我除了扔下棍子拔腿就跑，也想不出什么更好的高招。范尼跟着追我，更添乱的是，热纳瓦看见血了，她开始高叫我会杀了他，我会杀了他！范尼一下子就追上了我，他紧紧抓住我，从他嘴里缺了牙的豁口冲我啐了一口唾沫。他正好啐在我嘴里，这让我觉得万分屈辱——我想，这是因为他没有打我，或者伤我，也可能是因为我意识到，他本来可以揍我一顿却没有揍，于是我大叫起来，开始抽泣。很好笑。说不定范尼的唾沫啐在我嘴里的那一个瞬间，我的生活就在那一刻改变了。热纳瓦和丹尼尔挑起了整个事端，眼下毫发无伤，两个人都开始冲着我大叫。热纳瓦说，我肯定把他杀死了，是，我杀了他，生锈的钉子，会让人得破伤风而死。

丹尼尔说，对的，他知道，他老家有个叔叔就是这么死的。范尼听着这些话，他还在继续流血，我还在继续哭。最后，他可能终于明白他们说的就是他，他必死无疑了，因为他也开始哭了。然后，丹尼尔和热纳瓦一人一边扶着他走了，留下我孤零零一个人。

我有两天没看见范尼。我觉得他肯定得了破伤风，正要死呢。热纳瓦说，他很快就要死了，等他一死，警察就会来把我送上电椅。我留意着裁缝铺，但那儿好像一切正常。亨特先生在那里，还是那个笑嘻嘻、浅棕色皮肤的老样子，熨着裤子，给铺子里来的人讲着笑话——铺子里总是有人的，时不时地，亨特太太也会来到铺子里。她是个神圣教派一本正经的女士，不苟言笑，不过，两个人看着都不像他们的儿子要死的样子。

于是，连续两天没见到范尼之后，我一直等到裁缝铺没其他人了，亨特先生一个人在那里时走了进去。那时候，亨特先生认识我，我们整个街区大家都互相认识。

“嗨，蒂希，”他说，“你好吗？家里人都好吗？”

我说：“都很好，亨特先生。”我想说，**你**家里人都好吗？我平常**总**这么跟人打招呼，今天也打算这么说，但我没能说出来。

“你学习怎么样？”过了一会儿，他问我。我觉得他看我的样子怪怪的。

“嗯，还凑合。”我说，我的心跳得厉害，好像就要从我胸膛里跳出来一样。

亨特先生还在熨烫板上熨衣服——这是裁缝铺常见的那种双面熨烫板，两块互相面对着的熨烫板——他按着熨烫板，看了我一会儿，然后笑了，说：“估摸着我那个大头儿子不久就该回来了。”

他说的话我听见了，我也明白了一点点，但我不知道我明白了什么。

我走到铺子门口，做出我要离开的样子，然后我回过头说：“你说什么，亨特先生？”亨特先生还在微笑。他把熨斗放下，把裤子还是他正在熨烫的什么东西翻了个面，然后说：“范尼。他妈妈把他送到乡下她家里人那里待了一阵子，说他在这里惹事太多。”

他又把熨斗按下去。“她不知道他在那儿会惹出什么样的麻烦。”然后他抬头看着我，笑了。我后来跟范尼混熟了，跟亨特先生也混熟了以后，我看出范尼笑起来很像他。“啊，我会告诉他你来过。”他说。

我说："替我问你家人好，亨特先生。"然后我就跑到马路对面去了。

热纳瓦在我家门廊下，她告诉我，我看着像个傻瓜，差点被车子轧死了。

我停下脚步，对她说："你撒谎，热纳瓦·布雷斯韦特。范尼没得破伤风，他也不会死。我也不会坐牢。不信，你去问他爸爸。"热纳瓦看我的眼神那么古怪，我跑进我们家的门廊，跑上楼梯。我在防火安全门前坐下，但躲在窗户后面，这样她就看不见我。

过了四五天，范尼回来了，他来到我们家门廊下。他脸上没有伤疤。他拿着两只甜甜圈。他在我家门廊下坐下。他说："对不起，我不该往你脸上吐口水。"他给了我一只甜甜圈。

我说："对不起，我不该打你。"然后我们什么都没说。他吃他的甜甜圈，我吃我的。

人们不相信这个年龄的男孩儿和女孩儿之间的事情——人们不怎么相信，我也开始明白为什么了。不过，不管怎么着，我们成了朋友。或者说，其实也是一码事，这是又一桩人们不想搞明白的事情——我可以当他的姐妹，他可以当我的兄弟。他不喜欢他的姐姐，我没有兄弟。于是，我们就互相成为对方欠缺的人。

热纳瓦跟我生气了，她不再是我的朋友了，虽然，我现在想一想，是我不经意间就不再是她的朋友了。因为，我现在有范尼了，尽管我还不太明白这意味着什么。丹尼尔跟范尼生气了，他说范尼太娘，因为他成天围着女孩子转悠，他也不再是范尼的朋友了——绝交了好长时间。他们甚至还打了一架，范尼又丢了一颗牙齿。我觉得，那时候留心范尼的人，肯定认为等范尼长大，所有的牙齿都该掉光了。我记得告诉过范尼，我要到楼上去拿我妈妈的剪刀，去把丹尼尔给杀了，但范尼说，我不过是个小丫头，这里没我什么事。

范尼星期天得上教堂——我的意思是，他不得不去：尽管他经常蒙骗他妈妈，而她却毫无察觉，或者是故意装糊涂。他的母亲，我后来也慢慢和她熟悉了，我们待会儿还要谈到她，我说过，她是个神圣教派的女人，如果她无法拯救她的丈夫，那么，她无论如何也得拯救她的孩子。因为他是她的孩子，不是他们的孩子。

我觉得范尼这么捣蛋，就是出于这个原因。我觉得，也正是因为这个原因，等你和他熟了以后，会发现他那么善良，真是好人一个，一个特别甜蜜的男人，身上带着特别忧伤的一种东西——等你了解他了以后。亨特先生，弗兰克，没有试着告诉他，但他那时爱他——现在也爱他。两个姐姐不完全属于神圣教派，但也差不离了，她们都随妈。于是，这就剩下弗兰克和范尼了。某种程度上，弗兰克整个星期都和范尼在一起，范尼整个星期都和弗兰克在一起。他们都明白这一点。因此，星期天弗兰克可以把范尼交给他妈妈。范尼在街上做的事情，恰恰就是弗兰克在裁缝铺和家里做的事情。他在捣蛋。他长期守着裁缝铺不放，就是这个缘故。就是因为这个原因，范尼流着血回家时，弗兰克会照料他；就是因为这个原因，这对父亲和儿子都爱我。这不是什么奥秘，只不过它总是关于人的奥秘。后来，我曾经琢磨过，范尼的父母会不会一起做爱。我问范尼。范尼说："当然。但和你我不同。我听见过他们的动静。她从教堂回家，全身湿透，胆战心惊的。她好像累得没法动弹了，她会和衣横躺在床上——她可能还有点力气把鞋脱了。她总是要把她的手提包放在什么地方。我至今还能听见那种声响，就像什么沉沉的东西，里面装着银器，不管她把它放在哪里，都是沉沉地落下。我听见她说，主今天晚上祝福了我的灵魂。亲爱的，你什么时候把你的生命交托给主？宝贝儿，我跟你发誓，他肯定是躺在那儿，那玩意儿硬起来了，他会回答说，对不起，宝贝儿。但她的情况并没有好起来，因为，你明白吗？这就像两只野猫在巷子里玩的把戏。娘的。她会下崽、喵喵叫直到日子好起来，她要追上那只猫，她要把他撵得满巷子跑，她要撵得他直到他咬她的脖子——到这时候，他真是只想睡觉，但她的乐队都发动起来了，他得止住音乐，要止住音乐只有一个办法——他要咬她的脖子，然后她就逮着他了。这样，我爸就那么躺在那儿，身上一丝不挂，他那玩意儿越来越硬，我猜，我爸爸会说，是主把他的生命献给我的时候了。她会说，哦，弗兰克，我把你带给主吧。然后他说，狗屁，娘儿们，我来把主带给你吧。我就是主。然后她就开始哭，她开始呻吟，主，带领我帮助这个男人吧。你把他交给了我。我实在无能为力。哦，主啊，帮帮我。他会说，主会帮助你的，蜜糖，你得变成小娃娃模样，光溜溜的，像个小娃娃一样。来吧，到主这儿来。她会开始哭泣，呼唤耶稣，而他则开始把她所有的衣服都脱光——我能听见衣服窸窸窣窣地响着拉扯着脱下和落地的声音。早上我穿过他们的房间去上学时，有时候我的脚会绊在一件衣服上——他把她脱得精光、趴在她身上的时候，她还在哭，耶稣帮帮我，主啊！我爸爸会说，你现在就有主，他就在这儿。你哪儿需要祝福？哪儿疼？你哪儿想让主的手摸一摸？这儿？这儿？还是这儿？你哪儿要他的舌头？你想让主从哪儿扎进去，你这个脏兮兮的、傻乎乎的黑婊子？你这个婊子。婊子。婊子。然后他就扇她，又狠，又响。她会说，哦，主啊，请帮我承受我的负担。他会说，这儿呢，宝贝儿，你能够承受得住，我知道。你有耶稣这个朋友，他来的时候我会告诉你。第一次来临。我们对他第二次来临一无所知。还不知道。床会摇晃，她会呻吟呻吟呻吟。到了早上，就好像什么都不曾发生过一样。她还是和以前一样。她还是属于耶稣，而他则沿着街道走了，到铺子里去了。”

范尼接着说：“要不是我的话，我觉得猫儿早就溜号了。我会一直爱我爸爸，因为他没有离开我。”我会永远记住范尼谈到他爸爸时的面部表情。

接着，范尼转向我，抱住我，笑着说：“你老是让我想起我妈妈，知道吗？来吧，啊，我们一起唱歌吧，罪人，你爱我主吗？如果我听不见你呻吟，我就知道你没有得到拯救。”

我猜，两个人一起欢笑和做爱，真是多多益善，做爱是因为他们在欢笑，欢笑是因为他们在做爱。爱情和欢笑来自同一个地方，但去那里的人却为数不多。

有个星期六，范尼问我第二天早上能不能跟他一起去教堂，我说行啊，但我们是浸礼会教派的，不应该进神圣教派的教堂。不过，到这会儿，谁都知道范尼和我是朋友了，这不过是明摆着的事实。在学校里，在整个小区，他们都管我们叫罗密欧与朱丽叶，倒不是因为他们都读过这部戏剧。然后范尼就下来了，看着真是受罪的样子，头发捯饬得溜光水滑的，有一片头发看着惨兮兮的，就像是用斧子或者剃刀挖了一下。他穿着他的蓝色西装。我姐姐给我打扮好了，于是我们就走了。仔细想想，这应该是我们第一次约会。他妈妈在楼下等着。

那时正是复活节前，所以天不太冷，但也还不太热。

尽管我们年岁不大，我当然做梦也没有想过把范尼从她身边夺走什么的，尽管她并不是真爱范尼，只是想着她应该爱他，因为毕竟是她把他带到这个世界上来的。但是，范尼的妈妈已经不喜欢我了。我从好多事情里能够看出她不喜欢我。比如说，我很少去范尼家，但范尼总是在我家。不想让我去他们家的，可不是范尼和弗兰克，而是他老妈和姐姐们。我后来明白了，一方面，她们觉得我配不上范尼——其实是因为她们觉得我配不上她们；另一方面，她们又觉得范尼正好就活该得到我这样的人。唉，我肤色很黑，我的头发就是普通的头发，我没有任何出众的地方，连范尼都不假装认为我漂亮，他只是说，漂亮姑娘真是个拖累。

他说这话的时候，我知道他想的是他妈妈——就是因为这个，他想逗我的时候，就告诉我说我让他想起他妈妈。我一点儿也不会让他想起他妈妈，他知道这个，但他也知道我了解他有多么爱她：他多么想爱她，多么想得到爱她的许可，多么想让她了解他的想法。

亨特太太和女儿们的肤色很浅；看得出，亨特太太在她的老家亚特兰大曾经是个漂亮的年轻姑娘。她依然还有那种模样，那种“你别碰我”的模样，漂亮女人到死都带着这副模样。女儿们没有妈妈漂亮，当然，她们也没有在亚特兰大当过年轻姑娘，但她们的肤色很浅，她们的头发也很长。范尼的肤色比我的浅，但比她们要深得多，他的头发就是毛茸茸的，他妈妈每个星期天往上面抹那么多油，他的头发还照旧是毛茸茸的。

范尼真是像他爸爸。所以，范尼某个星期天上午把我带到他们家时，亨特太太甜甜地耐心地朝我笑着。

“你今天早上到主的教堂来，我真是太高兴了，蒂希，”她说，“哇，你今天早上真好看！”

她说话的口气，我一听就知道，我肯定跟别的早上看着没有什么区别。她的话让我知道我长得不怎么样。

我说：“早上好，亨特太太。”然后我们就走上街道。

那是星期天早上的街道。我们的街道有日期，甚至还有时辰。我出生的地方，我的孩子即将出生的地方，你沿街看去，几乎能够看清屋子里正在发生的事情。比如说，星期六，下午三点，这个时间很不好。孩子们从学校回家了。男人们从上班的地方回家了。你可能觉得这该是一个欢聚的时刻，但它不是。孩子们看见了男人们。男人们看见了孩子们。这差点让女人们发疯——她们在忙着做饭、洗涮、梳理头发、能够看见男人看不见的东西。你在街上就能看见这一切，从女人们冲着孩子们嚷嚷的声音里你就能听得出来。你从她们冲出房子的样子就能看出来——匆匆忙忙，像暴风雨来临时那样——抽打着孩子们，把他们拉上楼去，你从孩子们那里也听得出来，你从男人们那里也能看出来，他们对这一切视而不见，在栏杆前面站在一起，在理发店里坐在一起，互相传递着一只酒瓶，走到街角的酒吧，与吧台后的女孩子调笑，互相斗殴，最后又忙着他们的盘根错节的杂事。星期六下午就像一片悬挂在天上的乌云，就是一场即将来临的暴风雨。

但是，到了星期天早上，乌云消散，暴风雨造成的损失已成既定事实，然后又风平浪静了。不管损失是什么，现在每个人都干干净净的了。女人们不知道怎么的，就这样把一切都安排妥当，维持着这一切。于是，这会儿大家都洗干净了，擦过了，刷过了，还抹油了。然后，他们要去吃猪脚、猪肠、炸鸡或烤鸡，配着红薯和米饭和青菜或者玉米糕或饼干。他们会回到家里，争争吵吵，互相友好。有些人会在星期天洗自己的汽车，洗起车来比洗自己的包皮还细心。星期天早上，我在街上走着，身边走着像个囚犯一样的范尼，另一边走着亨特太太，活像昂首阔步走入王国的女王，而我则觉得就像赶集一样。现在想来，我觉得仅仅是因为范尼，星期天上教堂才像是赶集，尽管他本人并没有说什么。

隔着一个街区，我们就能听见教堂传来的手鼓声。

“要是哪天早上能让你爸爸也来到主的教堂就好了。”亨特太太说。然后她看着我：“你平时上哪个教堂，蒂希？”

嗯，我说过了，我们是浸礼会教徒。但我们不太上教堂——可能是圣诞节或复活节那样的日子才去。妈妈不喜欢教堂里的姐妹们，她们也不喜欢她，姐姐随妈，爸爸不觉得跟着主跑有什么意义，他对主好像没有多少敬意。

我说：“我们上阿比西尼亚浸礼会堂。”眼睛看着人行道上的裂缝。

“那个教堂很漂亮。”亨特太太说，好像对这个教堂能说的好话也就是这么多，而这点好处显然不够。

时间是上午十一点。仪式刚刚开始。其实，主日学校九点就开始了，范尼本来应该到教堂来上主日学校。但这个星期天，因为我，他得到了特别许可。说实话，亨特太太有点懒，其实也不想那么早起来催着范尼上主日学校。主日学校里，没有什么人崇拜她——她仔细清洗、装束的身段，还有她洁白如雪的灵魂。弗兰克可不想起来送范尼去上主日学校，姐姐们也不想让她们这个头发毛茸茸的弟弟脏了她们的手。于是，亨特太太只好深深叹一口气，赞美着上帝，起来催范尼穿衣服。不过，除非她手拉手把他拉到主日学校，他一般都不会去。而且，有好多次，这个女人高高兴兴地离开教堂，并不知道她唯一的儿子人在哪里。好久以后，弗兰克告诉我：“阿丽丝自己不想烦心的事，就交托给主。”

这个教堂以前是一家邮局。我不知道这座建筑为什么要被卖掉，或者为什么有人会买它，因为这座楼看起来还是像一家邮局，又长又黑又矮。他们推倒了一些墙壁，放了一些长凳，摆上了教堂的标记和时间表。但是，屋顶还是那种可怕的压出皱纹的锡皮，他们要么是把它油漆成了棕色，要么就是没有上油漆。你进门时，布道台看起来很远。说实话，教堂里的人只是因为他们的教堂这么大、他们居然设法搞到了这个地方，就觉得特别自豪。当然，我（或多或少）有点更习惯去阿比西尼亚。那儿更亮，还有个楼座。我曾经坐在楼座里，坐在妈妈腿上。每次我听见某首歌，《无云之日》，我就再次回到了那个楼座，回到了妈妈腿上。每次我听见《祝福寂静》，我就想起范尼的教会和范尼的妈妈。我并不是说这首歌或者教堂很安静，但我不记得在我们的教会里听过这首歌。我会一直把这首歌和范尼的教会联系在一起，因为当他们在星期日上午唱这首歌的时候，范尼的妈妈就高兴起来了。

人们在神的大能下高兴起来、昏死过去的情景，总是值得一看的，尽管这样的情景很常见。不过，我们教堂里的人不会经常高兴起来：我们比神圣教派的人更值得尊敬，更文明。我还是觉得这里面有一种非常可怕的东西，但我想这只是因为范尼讨厌它。

教堂特别宽，所以有三条走道。和你的想法正好相反，有三条走道，要找到中间那条走道，比只有一条走道时要难得多。你得有找到它的本能。我们进了教堂，亨特太太领着我们直接走进最靠左面那条走道，于是，右面这两条走道的人全都扭过头来看我们。而且，说实在的，我们也真是一大景观。首先，是黑黑的、长着长腿的我，穿着蓝色裙子，头发拉直了，上面扎着一只蓝蝴蝶结。然后是范尼，他拉着我的手，一副受罪的模样，穿着白衬衣、蓝西装，系着蓝领带，他的头发散发着暗暗的、绝望的光泽，不像是他涂在头发里的凡士林，倒像是他头皮上的汗水。接着是亨特太太，我也不知道是怎么回事，从我们一进教堂的门起，她就充满了对她那两个小异教徒的庄严的爱，押着我们走到了我们的施恩座前。她那天穿的是粉色或者米色的衣服，我现在有点拿不准，但在那天的一片灰蒙中，她的衣服很显眼。她还戴着女人们曾经戴的那种特别可怕的帽子，上面有个面纱，长度在眉毛或鼻子处，总是让人看了觉得你像得了什么病似的。她还穿着高跟鞋，高跟鞋发出某种声响，就像手枪一样，她高贵地昂着头。她一进教堂就得到了拯救，她就是神圣化了的神圣，直到今天，我还记得，她是怎么让我在内心深处瑟瑟发抖的。就像你根本别指望跟她说什么话，什么也说不了，除非你想穿过这个活着的上帝之手。而他则会先跟她合计一下，才会搭理你。她领着我们走到第一排，让我们在施恩座前坐下。她让我们坐下，自己则跪着，双膝跪下，我是说，她在她座位前跪下，低着头，捂着眼睛，还仔细地不要把面纱搞乱。我偷偷看了一眼范尼，但范尼不朝我这儿看。亨特太太站起来，她面朝着整个教众发了一会儿呆，然后才谦恭地坐下。

有个人在作见证，一个长着红头发的年轻小伙子，他在讲主，讲主是怎么洗涤了他灵魂中的污点，把所有的欲望从他的肉体中清除出去。我长大一些以后，还看见过他。他叫乔治。我看见过他在门廊下或者马路边上打瞌睡，他死于毒品过量。整个教区会众拼命对他说阿门，讲坛上一位大块头姐妹，穿着白色的长袍，跳起来大吼一声。他们嚷着："帮助他啊，耶稣我主，帮助他！"他一坐下，另一位姊妹，她叫罗斯，不久以后，她就不再来教堂了，她生了一个小孩——我还记得我最后一次看见她的情景，我那时差不多十四岁，她在雪地里走着，脸上全是印迹，手全肿了，头上包着一块破布，袜子滑了下来，自己给自己唱着歌——她站起来开始唱着："你倚靠着主，走出旷野时，心意如何？”这时，范尼看了我一眼，就那么一瞥。亨特太太在拍着手唱着歌。教众里燃起了一道火。

这时，我开始看另一个姊妹，她坐在范尼另外一边，比亨特太太皮肤黑，长得比亨特太太难看，但穿得和亨特太太一样漂亮，她伸出双手，高声喊着：“神！神！神！祝福你的圣名，耶稣！祝福你的圣名，耶稣！”亨特太太也开始高声叫喊，好像是为了呼应她。她们俩好像是在互相占对方的上风。这个姊妹穿着蓝色的衣服，很深的蓝色，她还戴着一顶颜色相配的蓝色帽子，那种像头顶帽那样往后戴的帽子，帽子上有一朵白玫瑰，她一动，白玫瑰也动一动，她一低头，白玫瑰也低头。这朵白玫瑰就像某种奇怪的光亮，尤其在她这么黑、穿着颜色这么深的衣服的情况下。范尼和我就那么坐在她们中间，整个会众的声音越来越高，越来越高，毫不留情。范尼和我互不相碰，我们也不看彼此，然而我们互相倚靠着对方，就像一艘晃动的船上的孩子们。后排有个小男孩，我后来也认识他了，他的名字叫特迪，是一个大块头的棕色皮肤的男孩，除了该重的地方全都重，大腿、手、臀部、脚，就像一个倒过来的蘑菇，他开始唱歌：“祝福寂静，神圣的寂静。”

“我灵魂的安慰。”亨特太太唱道。

"在暴风雨中的大海上。"范尼另外一边的黑皮肤的姊妹唱道。

"耶稣对我说话。"亨特太太唱。

"波涛不再汹涌激荡!"黑皮肤的姊妹又唱。

特迪拿起手鼓，这就给钢琴手送去了信号——我一直没有认识这个钢琴手，他是个高高的、黑黑的、看着有点邪恶的黑哥们儿，他的手看着就是为了掐人而生。他就用这双手袭击着琴键，就像是狠揍某个他记得的人的脑袋一样。毫无疑问，教众也记得他们的仇人，他们崩溃了。整个教堂开始摇晃。他们也以另一种方式动摇了我和范尼，尽管他们并不知道。现在，我们知道谁也不爱我们。或者说，现在，我们知道谁爱我们。那儿没有人爱我们。

有意思的是，当你周围环绕着恐怖的时候，你会抓住什么东西来熬过这些恐怖。我猜我到死都会记住那个黑女士的白玫瑰。突然之间，它好像在那个可怕的地方突然站了起来，我抓住了范尼的手——我都不知道我要抓他的手。然后，我们两边，两位女士突然一起跳起舞来，一边还吼叫着：圣舞。戴着玫瑰的那位女士头朝前方，玫瑰像闪电一样在她头周围晃动着。我们的头，还有戴面纱那位女士的头朝着后方：面纱现在高高地挂在她额头上面，环绕着额头，看着像一道黑水，给我们受洗，喷洒在她身上。人们在我们身边挪动着，给她们腾地方，然后她们就跳到中间那条过道上去了。她们俩都提着手袋。她们俩都穿着高跟鞋。

范尼和我从此再也没有去过教堂。我们从来不谈我们的第一次约会。只是，当我第一次到监狱里去看他，走上那些台阶、穿过那些大厅时，我觉得就像走进教堂一样。

既然我已经跟范尼说了孩子的事，我知道我得告诉妈妈和姐姐——姐姐名叫欧内斯汀，比我大四岁——还得告诉爸爸和弗兰克。我下了公共汽车，不知道该往哪儿走——往西走几条街，到弗兰克家去，还是往东走一条街，回我家。但我感觉很不对劲，我想还是回家吧。我其实想先告诉弗兰克，再告诉妈妈。但我觉得我走不了那么远。

我妈妈是个有点怪的女人——人们都这么说，我出生时她二十四岁，所以她现在四十多岁了。我得告诉你，我爱她。我觉得她是个漂亮女人。她可能长得不好看——甭管在这个盲人之国，“好看”是他妈什么意思。妈妈开始发福了。她也开始有白头发了，不过只是在脖子后面，她们这一代人管那儿叫“厨房”，还有在她头顶正中间——所以，她只是在低头或者转过脖子的时候，才能让人看见她的白发，天晓得，她并不经常低头或者转过头去。如果她正面对着你，她的头发是全黑的。她名叫莎伦。她以前想当歌手。她出生在伯明翰，十九岁时设法逃出了那个地狱的角落，跟着一个流浪乐队跑了，或者具体点说，跟着鼓手跑了。这事没成，因为，就像她说的，“真的，我不知道我是不是爱过他。我很年轻，但我现在想，我那时到了该懂事的年龄，却还是不懂事。你明白我什么意思吧。总之，我知道我不是个足够成熟的女人，不能给他提供他需要的东西”。

他们两个分道扬镳，最后那么多地方，她偏偏流落到了奥尔巴尼，在酒吧里当吧女。她那年二十岁，她终于明白，虽然她嗓子好，但她不是一名歌手。要成为一个歌手，需要很多嗓子之外的东西。这也意味着，她有点失落了。她觉得自己沉沦了。每一天，她周围的人也在沉沦。奥尔巴尼也不是上帝送给黑人的礼物。

当然，我必须要说一声，我也觉得美国不是上帝给任何人的礼物——如果是，上帝肯定也没几天活头了。这些人说他们侍奉的上帝——确实也在侍奉，侍奉的方式他们自己也不知道——肯定有一种恶劣的幽默感。如果他是个男人，或者如果你是个男人的话，你得把他给揍扁了。

在奥尔巴尼，她遇见了约瑟夫，我爸爸，她是在汽车站遇见他的。他比她大五岁，在汽车站当搬运工。他是波士顿人，本来是商船上的水手。他自己困在奥尔巴尼，主要是因为一个比他年纪大些的女人，这个女人实在不想让他老是出海。等莎伦，我妈妈，拎着她的纸箱子，睁着大大的恐惧的眼睛走进汽车站时，他和那个女人的关系也快结束了——约瑟夫不喜欢汽车站——那会儿正是朝鲜战争时期，所以他知道，如果他不马上出海，他就得参加陆军，而他肯定不会喜欢参加陆军。就像生活中经常发生的那样，很多事情一起发生：莎伦来了。

他说，我相信他说的，他一看见她离开售票口，自己一个人坐在凳子上，往周围看着，他就知道，他再也不会让她走出他的视野。她假装看起来很厉害、无忧无虑，但她一看就是吓坏了的样子。他说，他很想笑，与此同时，她那惊慌的眼睛里，又有什么东西让他想哭。

他朝她走去，一点儿时间都不浪费。

“对不起，小姐。你是去城里吗？”

“你是说，纽约城？”

“是的，小姐。到纽约——城。”

“是。”她说，两眼瞪着他。

“我也去，”他说，就在那一刻才决定下来的，不过他基本肯定他身上有买一张车票的钱，“但我对城里不熟。你呢？”

“哦，不，不太熟。”她说，看起来更惊慌了，因为她真的不知道这个疯子是谁，或者他想要什么。她到纽约去过几次，跟着她的鼓手。

“嗯，我有个叔叔住在那儿，”他说，“他把他的地址给我了，我不知道你是否知道这地方在哪儿。”他对纽约一点儿也不熟，他主要是在旧金山工作，他给了妈妈一个他脑子里随便想到的地址，这让她看起来更害怕了。那是华尔街上某个地方的地址。

“哦，对，”她说，“不过我不知道有什么有色人种住在那儿。”她不敢告诉这个神经病，其实没有任何人住在那儿，那儿除了咖啡馆、仓库和办公楼就他妈什么都没有。“只有白人。”她说，看起来像是要找个地方逃走。

“对啊，”他说，“我叔叔是白人。”然后他在她身旁坐下。

他得去售票口买票，但他还不敢从她身边走开，他担心她会从此消失。现在，汽车来了，她站了起来。于是，他站起来，提起她的包，说：“我来。”然后他挽着她的胳膊，拉着她走到售票口。他买票的时候，她就站在他身边。她除了张口喊救命，什么也做不了；而且，她也不能阻止他上公共汽车。她希望在到达纽约之前想出个什么法子。

自然，到了纽约以后，她并没有摆脱他，他看起来也不像急着要去找他的白人叔叔的样子。他们到了纽约，他帮着她在一家出租屋里住下，他去了基督教青年会。他第二天来带她去吃早饭。不到一个星期，他就娶了她，然后出海了。而我妈妈，开始安下心来过日子。

我相信，她会接受关于孩子的消息，欧内斯汀姐姐也会。爸爸可能觉得有点难以接受，但这主要是他不像妈妈和欧内斯汀那样了解他的女儿。唉。他也会以不同的方式担心，他还会表现得更加明显。

等我终于回到位于顶楼的我们家时，家里一个人也没有。我们在这儿住了差不多五年，在政府住房里，这间公寓还算不错。范尼和我本来计划在东村修整一间阁楼，我们看了好几处。阁楼对我们来说是更好的选择，因为我们住不起政府住房，范尼讨厌政府住房，里面没有他能够做雕塑的地方。哈莱姆的其他地方比政府住房还糟糕。你永远不能在那些地方开始你的新生活，你记得太清楚，你永远不想在那儿养大你的孩子。但它毕竟是个地方，你想想看，有多少孩子确实是出生在那些地方，那儿的老鼠和猫一样大，蟑螂像老鼠一样大，碎片和人的指头一样粗，孩子们还是幸存下来了。你不愿意去想那些没有幸存下来的人；还有，说实话，那些幸存下来的人，也总是有一种非常令人难过的特质。

我到家还不到五分钟，妈妈就进门了。她提着一只购物袋，戴着帽子，我管这帽子叫她的购物帽，是一只软软的米色贝雷帽。

“你好吗，小宝贝儿？”她笑着，但也狠狠地看了我一眼，“范尼怎么样？”

“他还那样。他还好。他问你好。”

“好。你见律师了？”

“今天没有。我得星期一去——你知道——下班以后。”

“他去看范尼了吗？”

“没有。”

她叹了口气，摘下帽子，把它放在电视上。我提起购物袋，我们一起进了厨房。妈妈开始收拾买的东西。

我半坐半靠在水池旁边，我望着她。有那么一会儿，我害怕起来，我的肠胃翻了一下。然后，我意识到，我已经三个月了，我得告诉她。我还看不出来，但是，有一天妈妈要狠狠地再看我一眼。

我在那儿半靠半坐着，望着她——她在冰箱跟前挑剔地看着鸡，然后把它放进去，她压低嗓门哼哼着什么，但她那种哼法，是你脑子里专心想着什么事、什么痛苦的事、马上就要出现在你面前、马上就要砸在你身上时的那种哼法——我突然有这样的感觉，她已经知道了，其实她一直都知道，只不过是在等着我告诉她。

我说："妈妈……"

"嗯，小宝贝儿？"她还在哼哼。

但我什么都没说。过了一会儿，她关上冰箱门，转过身来看着我。

我开始哭。因为她的表情。

她在那儿站了一会儿。她走过来，把手放在我额头上，然后把手放在我肩头上。她说："到我房间里来。你爸爸和姐姐马上就回来了。"

我们到了她的房间，坐在她床上，妈妈把门关了。她没有碰我。她只是一动不动地坐着，就好像她不得不支撑起来，因为我已经垮了。

她说："蒂希，我声明，我觉得你没什么好哭的。"她动了动。"你告诉范尼了？"

"我今天刚告诉他。我觉得我得先跟他说。"

"你做得对。我敢打赌，他满脸笑容，是不是？"

我偷偷看了她一眼，笑了："是的。他确实笑容满面。"

"你得——我们看看——你差不多三个月了吧？"

"差不多。"

"你为什么哭？"

然后她抚摸着我，她把我搂在怀里，她摇晃着我，我哭了。

她给我一块手绢，我擤了擤鼻涕。她走到窗前，擤了擤她的鼻涕。

"好，你听着，"她说，"你该操心的事多了，别去想什么坏女孩儿和那些臭狗屁玩意儿。我希望我没把你养成那个样子。如果你是个坏女孩儿，你不会还坐在那张床上，你早就该在牢里向看守耍花头去了。"

她回到床前坐下。她好像在搜索枯肠，寻找合适的话语。

"蒂希，"她说，"我们当初被带到这里的时候，白人在我们生孩子之前并没有带着牧师们来对着我们念什么词儿。你和范尼现在在一起，不管结婚没有，不是为了那个该死的白人。所以，听我说你该怎么做。你得为孩子着想。你得护着这个孩子，别的事情你都别管。这事一定得你自己做。别的人不能为你去做。哦，我们其他人，我们会护着你。我们会把范尼搞出来。你别担心。我知道这不容易——但你别担心。拥有孩子对范尼来说是最好的事情。他需要这个孩子。孩子会给他带来很大的勇气。”

她把一根手指头伸到我下巴颏底下，她有时候玩这个小动作，看着我的眼睛，微笑着。

“我说的意思你懂吗，蒂希？”

“我懂，妈妈。我懂。”

“好，等你爸爸和欧内斯汀回来后，我们要一起坐在桌子边，我来宣布这个家庭要闻。我觉得这样可能容易一点儿，你觉得呢？”

“是。对。”

她从床前站起来。

“把出门的衣服脱了，上床躺一会儿。我一会儿来叫你。”

她打开房门。

“哦，妈妈——妈妈？”

“怎么啦，蒂希？”

“谢谢你，妈妈。”

她笑了。“唉，蒂希，闺女，我不知道你干吗还要谢我，你真的不用谢我。”

她关上门，我听见她进了厨房。我脱下大衣和鞋，上床躺着。黄昏将近，都市的夜晚刚刚开始。

门铃响了。我听见妈妈喊道：“就来就来！”然后她又进房间了。她手里拿着一只小水杯，里面有一点威士忌。

“来。坐起来。把这个喝了。对你有好处。”

然后她把房间门在她身后关上，我听见过道里她的脚步声，一直响到前门。是爸爸，他情绪不错，我听见他在笑。

“蒂希到家了没？”

“她在里屋打个盹儿。她有点儿累了。”

“她见范尼了？”

“见了。她见着范尼了。她去了牢房。要不我怎么让她躺会儿呢。”

“那律师呢？”

“她星期一去见他。”

爸爸出了点儿声，我听见冰箱门开关的声音，他给自己倒了一杯啤酒。

“姐姐在哪儿？”

“她就回来。她得加班。”

“等这一档子事全折腾完，你觉得这该死的律师得花我们多少钱？”

“乔，你他妈知道问这话一点儿屁用都没有。”

“哼。这帮人赚大了，这些狗娘养的。”

“还真是。”

这会儿，妈妈已经给自己倒了一杯加橘子汁的杜松子酒，坐在桌前，和他面对面。她摇晃着脚，在考虑下一步。

“今天怎么样？”

“还行。”

爸爸在港口上班。他已经不出海了。“还行”意味着他可能没有整天骂人——骂的还远不止一两个人，或者对某个人以死相逼。

范尼把他最初几件雕塑作品中的一件给了妈妈。这是差不多两年之前的事儿。这件事老是让我想起爸爸。妈妈把它单独放在客厅里的一张小桌子上。雕塑不太高，是黑檀木雕成的。雕的是一个裸体男人，一只手放在额头上，另一只手半遮着自己的阳物。腿很长，很长，张得很开，一只脚好像被钉住了，不能挪动，整个人像的动作就像受着折磨。这么年轻的孩子雕出这样奇怪的人物，或者说，你仔细想想的话，就显得有些奇怪。范尼上过一所职业学校，他们教孩子们做各种各样乌七八糟、毫无用处的烂玩意儿，比如牌桌、跪垫和五斗柜，没有人会买这些家具，谁会买手工家具啊？有钱人不干。他们说这些孩子脑子不灵光，所以他们要教这些孩子们用手劳动。但是，办这些学校的人要保证这些孩子脑子不要变得聪明：他们其实是在教这些孩子当奴隶。范尼压根儿就不吃这一套，他溜号儿了，把作坊的大部分木头都顺走了。这事花了他差不多一个星期时间，某一天拿工具，下一天拿木头。不过，木头有点成问题，因为你不能把它放在口袋里或者大衣下面。最后，他和一个朋友天黑以后闯入学校，差不多把整个木工作坊都洗劫一空，把木头都装进了朋友的哥哥的车里。他们把一些木头藏进了一个和他们关系不错的清洁工的地下室里，范尼把工具带到了我家，有些木头现在还在我床底下。

范尼找到了他能做也想做的事情，这件事情救了他的命，让他免于一死——死亡随时等着吞噬我们这个年龄的孩子。尽管死亡的方式千奇百怪，尽管青少年夭亡的方式多种多样，死亡本身很简单，死因也很简单，就像瘟疫那么简单：人们告诉这些青少年，他们狗屁不值，他们看到的一切也证明这是事实。他们挣扎又挣扎，但他们还是像苍蝇一样倒下，他们像苍蝇一样麇集在他们生活的垃圾堆上。所以我可能是倚靠着范尼，范尼可能救了我，因为他可能是我认识的男孩子中，唯一一个不吸毒或喝便宜酒或抢劫路人或抢劫商店的人——他也从来没有把头发拉直，他的头发还是毛茸茸的。他开始在一个烧烤店里当快餐厨师，这样他就有个饭碗，然后他找到了一个他可以做木雕的地下室，他在我们家待的时间，比在他自己家待的时间还长。

他的家人总在吵架。亨特太太受不了范尼，或者说受不了范尼的行为，两个姐姐都向着亨特太太——尤其是现在，她们麻烦大了。她们是培养着要嫁人的，但是，周围没有配得上她们的人选。尽管她们居然进了市立大学，但其实她们仍然不过是普普通通的哈莱姆女孩儿。市立大学里什么机会都没有——什么也没有：有学位的黑人兄弟们不要她们；那些想娶白女人的人要白女人。于是，她们就这样一直找不到合适的人，而她们把一切都怪罪到范尼头上。一边是母亲的祈祷，其实更像是诅咒；另一边是姐姐们的眼泪，其实更像是性高潮。范尼基本上毫无招架之力。弗兰克也不是这三个魔女的对手。他只知道发脾气，你能想象那个家里的没完没了的叫嚷吗？于是弗兰克就开始酗酒。我还真不能怪他。有时候他也到我们家来，假装是来找范尼的。他的处境比范尼还要糟糕得多，他的裁缝铺关张了，现在在车衣厂上班。以前是范尼依靠他，现在他开始依靠范尼了。不管怎么说，你也能看得出来，他们俩都没有别的地方可以去。弗兰克去酒吧，但范尼不喜欢酒吧。

范尼的激情使他即便没有惹麻烦却进了监狱。你瞧，他在自己身上找到了自己的内心、他本人的中心，看得出来。他不是任何人的黑鬼。而在这他妈的国家，这是一桩罪行。你必须得是某个人的黑鬼。如果你不是哪个人的黑鬼，那你就是个坏黑鬼：范尼被逮进去的时候，警察就得出了这样的结论。

欧内斯汀回来了，总是那瘦不拉几的样子。我能听见她和爸爸逗趣。

她在城里很远的一家社区中心做与儿童有关的工作——十四岁以下的孩子，各种肤色，男孩女孩。工作很辛苦，但她喜欢——我猜，要不是她喜欢这份活儿，她压根儿就做不了。人都很奇怪。欧内斯汀小时候要多虚荣就有多虚荣。她总是把头发卷起来，她的衣服总是干干净净的，她总是待在那该死的镜子跟前，好像她都不敢相信自己有多漂亮似的。我恨她。她比我大差不多四岁，所以她觉得我根本不值得理会。我们像猫狗一样打得不可开交，更准确地说，我们打得像两条疯狗一样。

妈妈不想过度担心。她觉得，姐姐——我称她姐姐，只不过因为这是她的称呼而已，而且，我这样还可能是占有她——可能生来就该进娱乐圈的，最后会上舞台。这个念头并没有让她觉得有多高兴。但是，我妈妈，莎伦，肯定还会记得，曾几何时，她还想当个歌手。

突然，好像就是一夜之间，一切都变了。首先，姐姐长高了，又高又瘦。她开始穿休闲裤，把头发扎起来，她也开始读书，就像书马上就要过期一样。每次我从学校回来，她总是在那儿，她会蜷曲在什么地方，或者躺在地板上，读书。她再也不读报纸了。她也不去看电影了。“我再也不需要白人的臭谎言了，”她说，“他们已经把我的脑袋搅和得够糊涂的了。”与此同时，她并没有变得古板或不快，她也不谈自己读了些什么，至少有好长时间没谈起。她对我也好多了。她的脸也开始发生变化。她的脸变瘦了，更私密，漂亮多了。每逢她开始看什么东西时，她那细长的眼睛都会变得深邃起来。

她放弃了上大学的打算，在一家医院里工作了一阵子。她在那家医院碰见一个小姑娘，一个快死的小姑娘，这个小姑娘才区区十二岁，就已经成了瘾君子。这还不是一个黑人小姑娘。她是波多黎各人。然后，欧内斯汀就开始和孩子们打交道了。

“耶洗别在哪儿？”

我在百货店的香水柜台找了份工作以后，她就开始叫我“荡妇耶洗别”。我现在就在香水柜台工作。商店觉得把这份工作给一个有色女孩，非常大胆，非常进步。我整天站在那该死的柜台后面，让筋疲力尽的老太太们闻我的手背，一直保持着微笑，直到我的后牙都疼。姐姐说我回家的时候，闻起来像个路易斯安那的妓女。

“她在家。躺着呢。”

“她没事儿吧？”

“她累了。她去看范尼了。”

“范尼怎么样？”

“熬着呗。”

“老天。我来给自己弄杯喝的。要我做饭吗？”

“不用。我一会儿就去做饭。”

“她见海伍德先生了吗？”

阿诺德·海伍德就是那个律师。姐姐帮我通过社区中心找的他，社区中心毕竟和律师们打过一些交道。

“没有。她星期一下班后去见他。”

“你跟她一起去吗？”

“我觉得我应该去。”

“是啊。我也觉得是——爸爸，你可千万别爱不释手你那啤酒，你都快胖得和房子一样大小了——我上班时给他打个电话，在你到达之前——你那啤酒里要加点杜松子酒吗，老爸？”

“把它放在边上，丫头。等我站起来……”

“站起来！行了！”

“……我要收拾你。艾瑞沙唱《尊敬》的时候，你得好好听着。你知道，蒂希说她觉得律师还想多要钱。”

“爸爸，我们给他付了律师费，结果我们都没钱买衣服了。我知道我们该花的钱还是得花。但是，他得带着范尼上法庭了，我们才能另外给他钱。”

“他说这个案子很棘手。”

“放屁。律师是干吗的？”

"赚钱呗。"妈妈说。

"唉。谁最近跟亨特夫妇说过话吗?"

"他们什么也不想知道，这个你知道。亨特太太和那两朵山茶花真是可耻。可怜的弗兰克又没有钱。"

"唉。我们在蒂希面前还是别多说吧。明天咱们再想想办法。"

"妈的。我们一定得想办法。范尼就像我们家人一样。"

"他本来就是我们家的人。"妈妈说。

我打开了妈妈卧室的灯，这样他们就知道我已经起来了。我照了照镜子。我略微整理了一下头发，进了厨房。

"嗯，"姐姐说，"你睡了这美人觉，我没看出对你有什么好处，不过，我确实佩服你的恒心。"

妈妈说，如果我们想吃饭，最好滚出她的厨房，于是我们就到客厅里去了。

我坐在跪垫上，靠着爸爸的膝头。这会儿已经七点钟了，街上十分嘈杂。漫长的一天之后，我觉得特别安详，我的孩子也开始变得真实了。我不是说孩子以前就不像是真实的。但是，现在，我和孩子单独在一起。姐姐把灯光开得很暗。她放上一盘雷·查尔斯的唱片，在沙发上坐下。

我听着音乐，听着街上传来的市声，爸爸的手轻轻地搁在我头发上。这一切都互相连在一起——市声，雷的歌声和钢琴声，爸爸的手和姐姐的侧影，厨房传来的声响和灯光。我们就像一张定格在时间里的照片：这样的场景已经发生了几百年，人们坐在一间房间里，等着晚餐，听着蓝调。好像就是在这一切因素之中——这样的耐心，我父亲的触碰，我母亲在厨房弄出的声响，灯光照下来的样子，音乐就这样在所有因素之下继续播放着，欧内斯汀点着一支烟时的动作，她把火柴头扔进烟灰缸时，她的手的动作，从街上传来的模糊的人声，在这种巨大的愤怒，这种持续的、多少有些辉煌的悲哀中，我的孩子在慢慢成形。我在想，他会不会有范尼的眼睛。毕竟，不久前，还有人琢磨过我爸爸约瑟夫的眼睛，他的手现在搁在我头上。有一样东西突然触动了我，它比什么都强烈，一直在那里，但我还没有留心过：这是范尼和我的孩子，我们一起创造了它，它是我们两个的。我对我们两个都不太了解。我们两个一起会是什么样子？不过，这个念头让我联想起范尼，让我微微发笑。爸爸用手摸摸我的额头。我想起了范尼的抚摸，在我的手上，他的呼吸，他的抚摸，他的气息，他的重量，范尼那种又可怕又美丽的存在进入我，他的呼吸急促混乱，就像被一条金线搅乱了，他挺进的时候，他喉间的呼吸越来越沉重——他不是挺进我，而是在挺进一个伸展在他眼睛后方的王国。他雕刻木头的时候也是这样。他雕刻石头的时候也是这样。如果我没有见过他工作的样子，我可能永远也不知道他爱我。

意识到有人爱你，真是一个奇迹。

“蒂希？”

欧内斯汀，拿着香烟打了个手势。

“唉。”

“你星期一什么时候见律师？”

“六点钟探视之后。我大概七点钟到那儿。他说反正要加班。”

“如果他还要钱，你告诉他给我打电话，听到没有？”

“我不知道这有什么用，他该要钱，还是要钱——”

“你姐姐让你干吗，你就干吗。”爸爸说。

“他跟你说的和跟我说的不一样，”欧内斯汀说，“你明白吗？”

“是，”我终于说，“我明白。”但是，我也不明白为什么，她声音里有某种东西把我吓坏了。我的感觉，和我单独面对自己的麻烦时一直就有的感觉，还是一模一样。谁也帮不了我，连姐姐也帮不了。她肯定是拿定主意要帮我，这个我知道。但是，说不定我明白她也很害怕，尽管她假装显得很平静坚强。我明白，因为城里的孩子，她对这些了解得更多。我想问她这些事情怎么解决。我想问她这些事情究竟有没有可能解决。

家里没有外人的时候，我们在厨房里吃饭，厨房可能是我们家最重要的房间，这是所有一切大事件发生的地方，所有的事件都在这里发端，然后成形、结束。那天晚上，吃完晚饭以后，妈妈到柜子里拿出一只旧瓶子，一瓶法国白兰地，她这瓶酒有年头了。这些酒是她当歌手那些年就有的，就是她跟着那个鼓手的那些年。这是最后一瓶了，还没有开瓶。她把酒瓶放在桌子上，就在约瑟夫跟前，她说："把瓶子开了。"拿出四只酒杯，他开瓶的时候，她就在那儿站着。欧内斯汀和爸爸看起来就好像他们压根儿不知道妈妈出什么毛病了。但我知道她有什么打算，我的心跳加速了。

爸爸把瓶子打开了。妈妈说："你是一家之主，乔。斟酒吧。"

人很有意思。什么事情要发生之前，你差一点儿就知道是什么事。你已经知道是什么事，我觉得。你只是还没有时间——你现在也不会有时间了——对自己承认这件事。

爸爸的脸色变了，怎么变的，我无法形容。他的脸变得像石头一样明晰，每一根线条和角度突然都变得像是雕刻出来的一样，他的眼睛更黑了。他在等候着——突如其来地，绝望无助地——等候着将已经知道的事实转释为现实，瓜熟蒂落。

姐姐看着妈妈，眼神非常平静，她的眼睛又细又长，浅笑着。

谁也不看我。于是，在他们看来，我在那儿，和我毫无关系。对他们来说，我在那儿，意味着范尼就在现场，就像我的孩子，刚刚从长长的一觉中醒来，在我心底什么地方，刚刚开始翻身、聆听、苏醒。

爸爸斟了酒，妈妈给我们一人递了一杯。她看着约瑟夫，然后看着欧内斯汀，然后看着我——她朝我微笑着。

“这是圣餐，”她说，“哦，没有，我没疯。我们在庆祝一个新生命。蒂希有了范尼的孩子。”她碰了碰约瑟夫。“喝。”她说。

爸爸舔了舔嘴唇，盯着我。好像他不说话，别人也不能说话。我盯着他。我不知道他会说什么。约瑟夫放下酒杯。然后又把它拿起来。他试着说点什么，他想说点什么，但他说不出来。他看着我，好像是想寻找一点什么，寻找我的脸会告诉他的什么东西。笑容在他的脸周围若隐若现，他的脸上还没有笑容，他好像在时间轴上同时向前和向后穿越。他说："这一嗓子。"然后喝了一点白兰地。"你不为庆祝小家伙干一杯吗，蒂希？"我抿了一小口，呛了一下，欧内斯汀拍拍我的背。然后，她把我拥入怀中。她脸上有泪花。她低头看着我——但她什么也没说。

"多久了？"爸爸问。

"差不多三个月。"妈妈说。

"噢。我猜的也是。"欧内斯汀说，倒让我吃了一惊。

"三个月！"爸爸说，好像五个月或者两个月就有什么区别，就更有道理似的。

"三月份。"我说。范尼就是在三月份被抓的。

"你们俩到处找房子，就是想结婚。"爸爸说。他脸上写满了问题，这些问题，他可以问他的儿子。至少，我觉得，一个黑人男人可以问他的儿子。但是，这些问题，他不能问他的女儿。有那么一会儿，我几乎要生气了，然后我又不生气了。父子是一回事。父女又是另外一回事。

仔细追究这个谜没有什么好处，这个谜远非简单，也远非安全。我们对我们自己并不了解。我觉得，知道自己不知道更好一些，这样，当这个谜在你身上成长的时候，你可以和它一起成长。但是，当然了，如今的问题是谁都一无所知，很多人感到失落，就是因为这个原因。

但是，我在想，不知道弗兰克听说他儿子要当父亲时会是什么感觉。然后，我意识到，每一个人的第一个念头都是：可范尼在牢里啊！弗兰克会这么想——这会是他的第一个念头。弗兰克会想，搞不好，我儿子永远也见不到他的孩子。约瑟夫想，搞不好，我女儿的孩子会没有父亲。是啊。这就是那个念头，没有人说出来，令我们厨房的空气都紧张起来。我觉得我该说点什么。但我太累了。我靠在欧内斯汀肩头上。我不知道说什么好。

"你敢肯定范尼要这个孩子，蒂希?"我爸爸问我。

"啊，是，范尼也要！这是我们的孩子，"我说，"你不明白吗?范尼坐牢不是他的错，不是说他跑了还是怎么的。还有——"我只能这样回答他的问题，"我们一直是好朋友，从小就是，你知道。我们早就结婚了，要不是，要不是……"

"你爸爸知道，"妈妈说，"他只是为你担心。"

"你别觉得你是个坏女孩，或者有别的傻念头，"爸爸说，"我问你，是因为你还这么小，就这么回事，还有——"

"不容易，但我们会处理好的。"欧内斯汀说。

她比我更了解爸爸。我觉得这是因为她觉得，爸爸从我们小时候起就偏爱我。事实并不是这样，她现在也知道了——人们爱不同的人的方式也有所不同——但是，我们小的时候，她肯定觉得爸爸爱我不爱她。我看起来像是活不下去的样子，而她看起来是什么也不能阻止她的样子。如果你看起来很无助，人们对你的反应是一种；如果你看起来很坚强，人们的反应又是另外一种。由于你没有看见他们所看见的，这样的情况有可能令人很痛苦。我想，可能正是因为这个原因，我们小时候，姐姐才总是在那个鬼镜子前照个不停。她是在告诉自己："我根本不在乎。我还有我自己呢。"当然，这让她显得更加坚强了，而这恰恰是她不想要的效果：但我们就是这样的，我们有时候倒霉透顶，就是因为这个。不管怎么说，她现在不这样了。她知道她是谁了，或者，至少，她知道她不是谁了。既然她不再害怕她身上带有的力量爆发出来，而且学会了如何利用和控制这些力量，她就可以直接面对任何事情。于是，爸爸说话的时候，她也敢打断他，这事我可不敢干。她从我身边挪开了一点，把我的酒杯交到我手中。"抬起头来，妹妹。"她说，举起酒杯，和我碰杯。"救救孩子们。"她轻声说，将酒一饮而尽。

妈妈说："为新生婴儿。"爸爸说："我希望是个男孩。我敢肯定，这得让弗兰克开心死了。"然后他看着我，问："我来告诉他，行不行，蒂希？"

我说："可以。当然行。"

"好啊！"他笑着说，"要么我现在就去。"

"要么你先打个电话吧，"妈妈说，"你知道，他不是总在家。"

"我太想去告诉那两个姐姐了。"欧内斯汀说。

妈妈笑了，说："乔，要么你打个电话让他们过来？这会儿是星期六晚上，天色还早，我们酒瓶里还有不少白兰地。我这会儿想想，这还真是最好的办法。"

"这么着行吗，蒂希？"爸爸问我。

"反正这事得办了。"我说。

于是，爸爸站了起来，看了我一会儿，然后走进客厅去打电话。他本来可以用厨房里的电话，但他脸上有那种严肃的笑容，当他知道他有正事要处理、想保证你识相地避开的时候，他都是这样的表情。

我们听着他拨号。房子里只听得见拨号声。然后，我们能够听见电话那头响起的声音。爸爸清了清嗓子。

我们听见："亨特太太？噢。晚上好，亨特太太。我是乔·里弗斯。我还好，您呢？混着呗，您知道——哎，听着——喔，是的，蒂希今天下午看他去了，您哪，他没事。是——是这样的，您哪，我们有好多事要聊，要不然我怎么给您打电话呢。电话里说不清楚，您哪。听着，这事和我们大伙儿都有关——是。听着。别多说了。你们都上车，一块儿到这儿来。现在。是。对。现在——什么？听着，哥们儿，我说跟我们所有人都有关系。我们这儿也没有穿戴整齐，他妈穿着浴袍来我都不在乎。甭废话了，你这混蛋。我这儿耐着性子呢。操。别生气——把她摁在车后座里，然后开车，马上就去，快点儿，您哪。这可是正经事儿。嗨。顺便买半打啤酒，你来了后我付钱给你。是——听着，你能不能把电话挂了，赶紧滚过来，你们大伙儿一块儿滚过来，哥们儿？一会儿见。再见。”

他回到厨房来，脸上带着微笑。

“亨特太太在捯饬呢。”他说着坐下。然后他看着我。他笑了——笑得很开心。“到这儿来，蒂希，”他说，“坐在你爹的腿上。”

我觉得自己像个公主一样。我发誓，我真的觉得像个公主。他把我抱在怀里，把我放在他腿上，吻了吻我的额头，用他的手捋过我的头发，刚开始有点用力，然后又非常轻柔。“你是个好女孩，克莱门汀，”他说，“我为你感到骄傲。这一点你别忘了。”

“她不会忘的，”欧内斯汀说，“不然我抽她的屁股。”

“可她怀孕了啊！”妈妈嚷着，喝了一口酒，我们都爆笑了。我爸爸开怀大笑，我能感觉得到，他的胸膛在我双肩之间起伏，他的大笑中饱含着浓烈的欢愉，一种无法言说的宽慰——尽管我们头上悬着乌云。我是他的女儿，毫无疑问：我找到了一个可以爱的人，有人爱我，他释放了，确证了。毕竟，我腹中的孩子也是他的孩子，没有约瑟夫，也就没有蒂希。这样，我们在厨房中的大笑，就是我们面对一个奇迹时做出的无助的反应。那个孩子是我们的孩子，它即将来临，我父亲放在我腹部的大手托着它，温暖着它。尽管我们头顶上悬浮着重重负担，但这个孩子的安全得到了承诺。爱把它送给了我们，从我们中盘旋而出。我们去向何方，这一点无从得知。但是，现在，我的父亲乔准备就绪了。这个孩子是他的骨血，比他的女儿们更加要紧，更加意义深远。在孩子出生之前，没有任何刀子能够把他和生命割裂开来。我几乎能够感觉到孩子也感觉到了这一点，尽管这个孩子眼下还不会动——我几乎能够感觉到这个孩子跳向我父亲的手，向上踢着我的肋骨。我身上什么地方吟唱起来，然后我觉得一阵恶心，我低下头，靠在我父亲肩头上。他抱着我。很安静。恶心过去了。

莎伦看着这一切，笑着，摇晃着脚，想着下一步。她又朝欧内斯汀挤挤眼睛。

“怎么着，”欧内斯汀说，“咱们为了亨特太太也打扮一番？”我们又大笑了一番。

“嗨。咱们得客气点儿。”约瑟夫说。

“我们会客气的，”欧内斯汀说，“天知道，我们会客气的。你把我们教养得很好。你只是从来不给我们买衣服。”她对妈妈说：“而亨特太太和那俩姐姐，她们有衣帽间！想跟她们比，没门儿。”她绝望地说完，坐下了。

“我又不开裁缝店。”约瑟夫说，看着我的眼睛，笑了。

我和范尼第一次做爱的经过非常奇怪。说它奇怪，是因为我们俩都知道它会发生。这么说也不太准确。我们不知道它会发生。忽然之间，它就在那儿了：然后我们就知道原来它一直在那儿，等着。我们没有看见这个时刻。但这个时刻看见了我们，从很远的地方看见了——坐在那里——全然自由，这个时刻，玩着纸牌，搬弄着闪电，压垮着脊梁，大张旗鼓地等候着我们，放学时磨磨蹭蹭地慢慢回家，等候我们赴约。

听我说。我在浴缸里往范尼头上浇过水、给他擦过背，现在想起来，这是很久以前的事儿了。我发誓，我不记得看见过他的性器官，不过，当然了，我肯定看见过。我们从来没有玩过大夫看病的游戏——可是，我和别的男孩玩过这个吓人的游戏，范尼肯定也和别的女孩儿玩过，和男孩儿也玩过。我不记得我们对彼此的身体有任何好奇心——这是因为那个目光专注的时刻十分狡猾，知道我们即将抵达。范尼太爱我，我们太需求彼此。我们是彼此的一部分，我们的肉体是对方的肉体——这意味着我们太笃信对方，从来都没有想起肉体。他有腿，我有腿——我们知道的不光是腿，但我们用的就是腿。我们用腿走上楼，走下楼，还有，总是走向对方。

但这也就意味着，我们之间没有感到羞耻的机会。我好长时间都是平胸。我直到现在才开始真有乳房，实际上，这还是因为怀了孩子，而且，我还没有屁股。范尼太喜欢我，于是他根本就没想到他爱着我。我太喜欢他，别的男孩子在我眼里都不是真实的。我看不见他们。我不知道这意味着什么。但是，那个等候着的时刻，那个在路上窥视着我们的时刻，那个正在等候我们的时刻，知道这一切。

一天晚上，范尼亲了我，跟我说再见，那时他二十一岁，我十八岁，我感觉到他的性器擦了我一下，然后他从我身边挪开了。我跟他说了再见，我跑上楼，他跑下楼。那天晚上我无法入眠：有什么事情发生了。那之后，有两三个星期，他没有来找我，我也没有见过他。就是这段时间，他雕刻出了那个送给我妈妈的雕像。

他给妈妈雕像的那一天是个星期六。他把雕像给妈妈后，我们离开了我们家，出去走走。分别这么久以后，我看见他非常高兴，高兴得都要哭了。一切都不同了。我走过的街道，以前从来都没有见过。我周围的人，我也从来没有见过。我们在四周全是音乐的沉默中走动着。这可能是我生命中的第一次，我很幸福，并且知道我很幸福，范尼拉着我的手。就像那个星期天上午，很久以前，他妈妈把我们押到教堂那一次。

范尼的头发没有分缝——他的头发厚厚地四处散着。他没穿蓝色西装，他根本就没穿西装。他穿着一件黑红两色的旧夹克，灰色的旧灯芯绒裤子。他厚厚的鞋子磨损得很厉害。他看着有些疲惫。

他是我这辈子见过的最美丽的人。

他走起来慢吞吞的，腿长长的，有点罗圈。我们走下台阶去坐地铁，他拉着我的手。地铁来了，很挤，他用胳膊拥着我，保护着我。我突然抬头直视着他的脸。谁也无法描述这种情景，我也不应该贸然尝试。他的脸比整个世界还要大，他的眼睛比太阳还要深邃，比沙漠还要广袤，从天地鸿蒙的时刻发生的一切都写在他的脸上。他笑了——浅浅的笑。我看见了他的牙，我看见了缺了牙的那道豁口，他对着我啐吐沫的那缺了牙的豁口。地铁晃了一下，他把我搂得更紧，压下了一声叹息，我从来没有听过这样的叹息。

你第一次意识到一个陌生人有身体，令人非常惊奇——你意识到他有身体，这就把他变成了陌生人。这意味着你也有个身体。你会永远记住它，它会讲述你生命的言语。

我也意识到我是个处女，这一点更是令人惊奇。我真是处女。我突然琢磨这是怎么回事。我琢磨为什么。但是，这是因为，我想也没想过，就知道我会和范尼共度一生。我就从来没有过与此不同的念头。这就意味着，我不仅仅是一个处女，而且，我还是一个孩子。

我们在格林尼治村的谢里登广场下了地铁。我们沿着西四街往东走。因为是星期六，街上很挤，被人的体重压得都不平衡了。大部分人都很年轻，他们肯定很年轻，这你看得出来。但在我眼里他们并不年轻。他们让我害怕，那时候，我还说不清是为什么。我以为那是因为他们比我知道的多得多。他们确实也是比我懂得多。但是，从另一方面讲，我是到现在才刚开始明白，他们知道的又并不比我多。他们什么都齐全：行走，声响，欢笑，不整的衣冠——这些衣服，复制的是一种贫穷，这种贫穷对他们来说是无法想象的，而他们的贫穷，又离我无限遥远。有很多黑人和白人在一起，很难说谁在模仿谁。他们那么自由，以至于什么都不相信。他们没有意识到，这个幻觉是他们唯一的真理，而他们所做的，全都是别人告诉他们去做的事情。

范尼看着我。那时估摸是六点钟到七点钟。

“你没事吧？”

“没事。你呢？”

“你想在这儿吃吗？还是等我们回到上城？你想看电影吗？还是想抽点大麻喝点啤酒或者喝一杯咖啡？还是要走一会儿再拿定主意？”他在笑，温暖甜蜜，拉我的手用了一点力，晃了晃。

我觉得特别幸福，但我也有点不自在。我和他在一起还从来没有觉得不自在。

“我们先到公园里去吧。”我有点想在外面多待一会儿。

“行。”他脸上还带着那怪怪的笑容，就像他刚刚做了一桩特别美妙的事，而整个世界上，除了他自己，没有任何人知道。但是，他马上就要告诉一个人了，而这个人就是我。

我们穿过人头攒动的第六大道，各色各样的人都在星期六晚上出来猎奇。但是，谁也不看我们，因为我们在一起，而且我们俩都是黑人。后来，当我一个人在这条街上走的时候，感觉就完全不同了，周遭的行人都不同了，而我，自然再也不是一个孩子。

“我们往这儿走。”他说，然后我们沿着第六大道往布里克街走。我们沿布里克街往南走，范尼冲圣雷莫咖啡店的大窗户里看了一会儿。那儿的人他都不认识，整个店里的人看着都疲惫沮丧，就像在忧心忡忡地刮脸、穿衣，迎接一个可怕的夜晚。疲惫的灯光下，是经历过无数次无法形容的战争的沙场老兵。我们继续往前走。街上现在人很多，很多年轻人，白人黑人都有，还有警察。范尼把头抬得略高一些，更紧地握着我的手。拥挤的咖啡馆门前，马路上有很多孩子。一只点唱机在播放着艾瑞莎的《生活就是如此》。真怪。所有人都在街上，走动着，交谈着，就像所有地方的人一样，但所有这一切一点儿也不友好。这里有一点艰难和可怕的地方：有些东西看着很像真的，但却不是真的，这样的情形会让你发疯、大叫。这情景和上城有点相像，上了年纪的男人女人坐在门廊下，小孩子们在街区里跑来跑去，汽车在这个旋涡中慢慢行驶，警车停在街角，里面有两个警察，别的警察沿着马路神气活现地慢慢走着。这情景和上城是有点相像，但又加了点东西，减了点东西，我说不太清楚，但这个情景让我感到害怕。在这儿走路可得小心点，因为所有人都是瞎子。我们被推搡着，范尼把胳膊搂在我肩上。我们穿过了米尼塔酒馆，穿过米尼塔巷，走过下一个街角的报亭，往斜对角走进了华盛顿广场，这个广场看着就像是蜷缩在纽约大学那些庞大的新建筑与东面和北面高耸的新公寓大楼之间。我们走过那些好像世世代代都在路灯下面下棋的人们，走过遛狗的人们，有着鲜艳的发色、穿着特别紧的紧身裤的年轻人，他们快速地瞥了一眼范尼，然后无奈地看看我。我们在没水的喷水池前坐下，面对着凯旋门。我们周围有很多人，但我还是强烈地感觉到周围缺乏友爱。

“我有时候在这个公园里过夜，”范尼说，“还不错呢。”他点着一支烟。“来一根？”

“现在不要。”我起先想在外面多待一会儿，但我现在想进去了，离开这些人，离开这个公园，“你为啥在公园里过夜？”

“太晚了。我不想吵醒我的家人。我也没有钱。”

“你还可以来我家。”

“嗯。我也不想吵醒你的家人啊。”他把烟放回口袋里。“但我现在在这儿有个住处了。我赶明儿得给你看看，你得看看。”他看着我，“你冷了，累了，我给你弄点吃的，好不好？”

“好。你有钱吗？”

“有，我攒了点零钱，宝贝儿。走吧。”

那天晚上我们走了很久，因为现在范尼带着我，沿着格林尼治街往顶西边走，路过女子拘留所，来到这家小小的西班牙餐馆，范尼认识那儿所有的侍者，他们也全都认识他。这些人和街上的人不同，他们的微笑不同，我马上觉得像回家一样自在。那天是星期六，但时间还早，他们让我们坐在后面一张小桌子前——不是说他们怕人们看见我们，而是他们很高兴我们来了，希望我们尽量多待一会儿。

我对餐馆没有什么经验，但范尼有，他还会说一点西班牙语，我看得出那些侍者们在拿我开他的玩笑。然后，就在我被介绍给我们的侍者——小佩德罗——意思是说他是家里最小的孩子——的时候，我想起来了，街坊都管我们叫罗密欧和朱丽叶，大伙儿总是拿我们开玩笑。不过不是这样开玩笑。

有些日子，就是我请假的那些日子，我可以大白天就去看他，然后六点钟又能看他，我就从中央路走到格林尼治村，我会坐在餐馆后排，他们会给我吃的，无声无息地，仔仔细细地，保证我吃点什么。不止一次，刚刚从西班牙来、不怎么会说英语的路易斯托，拿走放冷了的煎蛋——这是他给我做的，但我却碰也没碰——又给我拿来一盘新做的热乎煎蛋，说："小姐——请。他和小小子都需要你有力气。如果我们让你挨饿，他不会原谅我们的。我们是他的朋友。他相信我们。你也要相信我们。"他给我倒了一点红葡萄酒。"葡萄酒不错。慢点儿。"我就抿一口。他笑笑，但我不吃他就不走。然后他说"会是个男孩"，笑眯眯地走了。他们帮助我度过一个一个可怕的日子。他们是我在整个纽约碰到的最善良的人，他们在乎我们。境况变得特别糟糕的时候，我的身子重起来以后，约瑟夫、弗兰克和莎伦都在上班，欧内斯汀在奋力作战，他们会安排去监狱附近办事，然后开车把我带到他们的餐馆，就像这是世界上最自然不过的事情一样——对他们来说，这确实是十分自然的事情，然后他们又把我带回城里去赶六点钟的探视。我永远，永远不会忘记他们。他们知道。

但在这个特定的星期六晚上，我们还不知道。范尼也不知道，我们都很高兴，所有人。我喝了一杯玛格丽特鸡尾酒，尽管我们知道这是违法的，违反了什么他妈的吃屎的狗屁法，范尼喝了一杯威士忌，因为到了二十一岁，你有喝酒的合法权利。他的手很大。他拿起我的手，把他的手放在我手里。“待会儿我给你看一样东西。”他说。我不知道哪一双手在发抖，哪一双手握着另外一双手。“好吧。”我说。他点了西班牙海鲜饭，饭上来后，我们的手分开了，范尼煞有介事地为我盛饭。“下次你来。”他说，我们笑了，开始吃饭。我们喝酒。还有蜡烛。别的人来了，奇怪地看着我们，但是范尼说：“我们认识这家馆子的老板。”我们又笑了，我们很安全。

我还从来没有在我混的圈子之外见过范尼。我见过他与他的爸爸妈妈和姐姐们在一起，我也见过他和我们在一起。但是，现在想起来，我还真不知道我是不是见过他和**我**在一起：直到此时此刻，我们正在离开餐馆，所有的侍者都在和他说说笑笑，说着西班牙语也说着英语，范尼的脸那么开朗，我从来没有见过他那么开朗，他的笑像是从他的睾丸，从他们的睾丸，滚滚而来——直到此时此刻，我才真正看到了他在他混的圈子里的样子。可能只有到这一刻，我才看到他和我在一起，他虽然没有面朝着我，但他一直握着我的手。对我来说，他是个陌生人，但又连在一起。我从来没有见过他和别的男人在一起。我从来没有见过男人之间的友爱和尊敬。

从那以后，我有些时间进行思考。我觉得，一个女人——尽管那时我还不是一个女人——她看见这一点，首先是因为她爱这个男人：要不然她就不会看见这一点。这有可能是一次伟大的神启。在这个乱糟糟的时代和地界，很多女人，可能是大部分女人，都觉得在这种温暖和能量中，蕴含着一种威胁。她们以为自己被排斥在外了。而实际上，她们觉得周围是一种所谓她们不能理解、因而无法驾驭的语言，而且，不管她们对此事如何大惊小怪，她们不是被排斥在外，而是惊恐地醒悟到，她们永远被封锁在内了。只有男人才能在一个女人脸上，看到她其实还是个女孩子。这是一个只有某个特定的男人才能得知的秘密，而且，他还必须坚持寻找，才能得知这个秘密。但是，男人没有秘密，他们只有在女人面前才有秘密，他们永远也不会像女人那样长大。对一个男人来说，长大更艰难，需要的时间也更长，没有女人，他根本就长不大。这个谜，可以让一个女人惊慌失措、无力招架，是造成她最深的苦恼的起因。她必须观察、引导，但他必须领头，而且，他总好像更在意他的哥们儿，而不是在意她。但是，男人之间这种吵吵嚷嚷、外在的公开性，使得他们能够对付女人的沉默和秘密，并且把它释放出来。女人的沉默和秘密中，包含着男人的真相。我觉得，这种怨恨的根源——这种怨恨中掩藏着无限的恐惧——和这个事实有关：对一个女人来说，她在一个男人的想象中是什么形象，对她有巨大的控制力——确实是，每时每刻，每一天都是如此。这样她才成为一个女人。但是，男人在自己的想象中存在，而不必仰仗女人。不管怎么说，在这个乱糟糟的时代和地界，等你明白女人应当比男人更有想象力的时候，你就知道一切都变得十分荒唐了。这是男人的想法，事实证明正好相反。事实是，对付男人使女人根本就没有时间去想象，也没有必要去想象。此处，如果你真的相信这个概念：一个敢于相信自己的想象的男人（男人从来也只相信自己的想象）是柔弱的，一旦你把这个概念当真了，你可就惹大麻烦了。这很能说明这个国家是怎么回事，因为，如果你只是想赚钱，你最不需要的就是想象力。在那种情况下女人或男人都一样。

“晚安，小姐！”餐馆的总管说，然后范尼和我就又回到街上，继续走。

“来看看我的住处吧，”范尼说，“离这儿不远。”

那时大概是十到十一点钟。

“好吧，”我说。

我那时对格林尼治村还不熟——我现在熟了。于是，一切都显得很令人惊奇。我们走过的地方比第六大道暗一些，安静一些。我们离河很近，街上就我们两个。要是我一个人在这里走，我会觉得害怕。

我有一种感觉，我得给家里打个电话，我应该开始跟范尼说这事儿，但我没有。

他的住处在银行街一个地下室里。我们在一道低低的、带尖头的黑色金属栏杆前止步。范尼轻轻地开门。我们往下走了四级台阶，往左拐，对着一道门。我们右面有两扇窗户。范尼把钥匙插进门锁，门朝里打开了。我们头顶上有一道微弱的昏黄光线。范尼把我推进房间，然后把门从后面关上，领着我沿着一条昏暗狭窄的楼道走了几步。他打开另外一扇门，开了灯。

这是一个小小的、低矮的房间，就是朝门的那两扇窗户所在的房间。房间里有个壁炉。房间那边，有一个袖珍小厨房和一间厕所。厕所里有淋浴，没有浴缸。房间里，有一只木凳、一对坐垫、一张大木桌、一张小木桌。小木桌上，有两只空啤酒罐，大木桌上是工具。房间里弥漫着木头的气息，到处都是木料。尽头的那个角落，地板上有一只床垫，上面盖着一块墨西哥披肩。墙上钉着范尼的铅笔素描，还有一张弗兰克的照片。

我们将会在这个房间里度过很长的光阴：我们的一生。

门铃响时，欧内斯汀去开门，亨特太太第一个进门。她穿的衣服看着很时髦，仔细一看就不是那么回事了。她的衣服是棕色的，闪闪发光，让人以为是缎子。它让你觉得好像膝盖上有白色花边，呃，在腰上，呃，在胳膊肘上。她还戴着一顶有檐的帽子，看着像倒过来的煤斗车，让她那本来就硬的眉毛显得更硬了。

她穿着高跟鞋，她也发福了。她在努力减肥，但没有什么成效。尽管有圣灵的力量，她还是觉得害怕。她进门时微笑着，不知道笑的是什么，也不知道是冲谁笑，她一会儿是感到受到了圣灵的审核，一会儿是想起了她在镜子里看到的形象。她进门，她伸出手，那些动作里的某些东西，还有她微笑中的某种东西——乞求着宽恕，同时又无法给人宽恕——所有这一切，都让我觉得她特别完美。她是一个我从来没有见过的女人。范尼曾经在她的腹中。她怀过他。

她后面是两个姐姐，她们又是另外一码事。欧内斯汀在门前很热情乐观："要见你们一面就只有一个办法，召集一个紧急最高会议！不过，你不知道这么做不对吗？快进屋，快进屋！"她把亨特太太拉过她身边，拉到莎伦身边。莎伦优雅地把她转交给约瑟夫，而约瑟夫胳膊里还搂着我。我父亲搂着我的样子，还有他的微笑中的某种意味，都让亨特太太感到害怕。不过，我开始意识到，她一直就非常害怕。

尽管这两位姐姐是范尼的姐姐，我从来没有把她们当作他的姐姐。不对。不是这么回事。如果她们不是范尼的姐姐，我压根儿就不会注意到她们。因为她们是他的姐姐，我知道她们并不喜欢范尼，我恨她们。她们不恨我。她们谁也不恨，正因为如此，她们很不对劲。他们进我们家客厅时，朝着一群无形的苦恋的情人微笑着，二十七岁的姐姐阿德里安娜和二十四岁的妹妹希拉，都竭尽全力对破衣烂衫的我特别甜蜜，传教士们就是这么教她们的。她们看见的只是搂在她们腰间的我父亲的大黑手——当然，我父亲实际上是搂着我的腰，但是，好像就是在搂着她们一样。她们说不清她们不赞同的是它的肤色、它的位置，还是它的形状，但她们肯定不赞同它抚摸的力量。阿德里安娜的穿着对她来说太嫩，而希拉的穿着对她来说又太老。她们后面是弗兰克，我父亲搂着我的手松了一些。我们叽叽喳喳簇拥着进了客厅。

亨特先生看着很疲倦，但他脸上仍然带着那种微笑。他在沙发上挨着阿德里安娜坐下，说："你今天去看我那个傻大头儿子了，是吧？"

"是。他挺好的。他问你们好。"

"他们没有太为难他吧？我这么问是觉得，有些事他不会跟我说，但会跟你说。"

"情人的秘密。"阿德里安娜把双腿交叉起来，笑着说。

我不想对付阿德里安娜，至少现在还不想。亨特先生也一样，他一直盯着我。

我说："不过。他烦，你知道。他应该烦。但他非常坚强。他在那儿读很多书，学很多东西。"我看着阿德里安娜。“他会没事的。但我们得把他接出来。”

弗兰克正要说什么，希拉严厉地说：“要是他该读书学习的时候读书学习了，他也不会进那儿了。”

我想说什么，但是约瑟夫很快说：“伙计，你带了半打啤酒吧？要不，我们有杜松子酒，有威士忌，还有点白兰地。”他笑了。“不过，没有雷鸟酒。”他转向亨特太太，“你们女士们不介意吧？”

亨特太太笑了。“介意？弗兰克根本不在乎我们介意不介意。他肯定还是该干吗干吗。他从来不考虑别人。”

“亨特太太，”莎伦说，“你要点什么，蜜糖？我可以给你倒杯茶，或者咖啡——我们还有冰激凌和可口可乐。”

“还有七喜，”欧内斯汀说，“我能给你弄一杯冰激凌可乐。来吧，希拉，来帮帮我好吗？您坐下，妈妈。我们来准备。”

她把希拉拉进厨房。

妈妈挨着亨特太太坐下。

“老天，”她说，“时间过得太快了。出事以后，我们都没怎么见过面。”

“**什么**也别说了。我自己都跑得累死了，跑遍了布朗克斯，要找到最好的法律咨询，找那些我以前一起工作过的人，你知道——有个人还是市里的议员，他谁都认识，他能走不少路子——人们一定得听他的，你知道吧。但是，这事占去了我所有的时间，大夫说，我一定要小心，他说我的心脏负荷太大。他说，亨特太太，你得记住，不管这孩子多么想要自由，他还得要他的母亲。不过，我看，这都没什么关系。我不担心我自己。主会支撑着我。我只是祈祷啊，祈祷啊，祈祷上帝把我的儿子带进光明。我从早到晚祈祷的就是这个。然后，有时候我就想，说不定这是主想通过这件事让我的孩子忏悔他的罪过，把他的灵魂交给耶稣——”

“你说不定是对的，”莎伦说，“主的作为何等神秘。”

“哦，对啊！”亨特太太说，“不过，他有可能考验你。但他永远不会对他的孩子撒手不管。”

莎伦问：“你觉得欧内斯汀找到的那个律师，海伍德先生，怎么样？”

“我还没见过他。我一直还没有时间进城。但我知道弗兰克见过他——”

“你觉得呢，弗兰克？”莎伦问。

弗兰克耸耸肩。“是个上过法学院的白人小伙子，他有那些学位。唉，你知道。我没法跟你说这有什么意义，屁用没有。”

“弗兰克，你这是和一位女士谈话呢。”亨特太太说。

“我是个嬉皮，我喜欢这个新道道——我的意思是，这律师屁用没有，我也不知道我们要不要继续用他。话说回来，就白人小伙子来说，他还算不错的。他现在还没有完全变成混蛋，因为他还处在饥饿阶段，等他吃饱了，就会完全变成混蛋了。伙计，”他对约瑟夫说，“你知道，我不想把我儿子的性命交到那些没蛋蛋的白人混蛋手里。我向耶稣发誓，我情愿活活给烹煮死。这是我唯一的儿子，伙计，独子。但是，我们全都被攥在白人手里，还有好多神气活现的黑人我也不敢相信。”

“但我一直想告诉你，我一直想告诉你，”亨特太太嚷嚷着，“就是这个消极态度最危险！你心中充满了仇恨！如果你仇恨别人，他们也会反过来仇恨你！每次我听见你这么说话，我的心就碎了，我为我的儿子颤抖，他坐在一个监牢里，只有上帝的爱才能把他带出来——弗兰克，如果你爱你的儿子，放弃这种仇恨，放弃它吧。它会落在你儿子头上，会把他杀了。”

“弗兰克说的不是仇恨，亨特太太，”莎伦说，“他说的只是这个国家的现实，他觉得不满意，是理所当然的。”

"我信仰上帝，"亨特太太说，"我知道他看顾我。"

"我不知道，"弗兰克说，"一个人的儿子有麻烦的时候，上帝让他怎么办。你的上帝把他的儿子送上了十字架，除掉了他可能还很高兴，但我不是这样的。我不会走上大街，见到一个白人警察就去亲吻他。但是，我儿子哪天从那个地狱的洞口里走出来，获得自由，那一天，我会是一个非常慈爱的家伙。如果我能双手再次捧起我儿子的头，看着他的眼睛，我也会是一个非常慈爱的家伙。啊，我心中会充满着爱，那一天！"他从沙发上站起来，朝他的妻子走去。"如果结局不是这样，你记着吧，我会崩掉几个脑袋。如果你和那个跟你胡混的耶稣说哪怕一个字，我会先把你的脑袋给崩了。你该和你的儿子在一起的时候，你却跑去跟那个白人犹太杂种一起胡混。"

亨特太太把头埋在手里，弗兰克缓缓地穿过房间，坐了下来。

阿德里安娜看着她，正要说话，但又没说什么。我坐在靠垫上，挨着我父亲。阿德里安娜说："里弗斯先生，我们这次开会究竟是为了什么？你把我们大老远地叫过来，不是想看我爸爸羞辱我妈妈吧？"

"有什么不对？"我说，"大礼拜六晚上的，人闲得无聊了，谁知道他们会干什么。我们把你们请过来，说不定就是找点乐子。”

她说：“我真相信你能有那么恶毒，但我不相信你有那么愚蠢。”

“你弟弟坐牢以后，这是我第一次见你。”我说，“我在监狱那边还从来没有见过你。范尼说他见过你一次，而且你还是匆匆忙忙的。我敢说，你在上班的地方根本就不提这事儿，对不对？你还从来没有跟你周围那些白领，那些从前搞过扶贫项目的拉皮条的、骗子和废柴们说过吧？你这会儿坐在那张沙发上，以为你比伊丽莎白·泰勒还优雅，你不高兴，因为有个什么半白的杂种在哪儿等着你，而你却得费心为你弟弟的事情操心。”亨特太太用可怕的眼神直瞪着我。弗兰克的嘴上浮现出一个冷峻苦涩的笑，低头看着地面。阿德里安娜远远地看着我，在她弟弟的名字上又重重地划上一道黑杠杠，最后，果然不出我之所料，点燃了一支香烟。她把烟雾仔细地、巧妙地吹入空中，好像默默地下定决心，她永远永远也不会让比她低下这么多的人把她包围住，不管出于什么原因。

希拉和欧内斯汀回来了，希拉看起来吓坏了，而欧内斯汀看上去又严肃又称心。她给亨特太太递过冰激凌，给弗兰克一杯七喜，兑杜松子酒，给希拉一杯可乐，给莎伦一杯七喜，兑杜松子酒，给我一杯白兰地，自己拿了一杯苏打威士忌。“一切顺利。”她乐滋滋地说。她坐下来，所有人也都坐了下来。

然后就是这种尴尬的沉默：所有人都在看着我。我觉得，亨特太太的眼睛比任何时候都要恶毒、令人恐惧。她身体前倾，一只手紧紧地握着埋在冰激凌中的勺子。希拉看着也是惊恐万分的样子。阿德里安娜的嘴唇弯成一个轻蔑的微笑，她往前凑了一下，正要说话，她父亲抬起手，充满敌意、来势汹汹地挡住了她。她缩回去了。弗兰克靠上前来。

毕竟，我的消息是要向他宣布的。于是，我看着他说：“是我召集的这次最高会议。我让爸爸把你们都叫过来，是想告诉你们我今天下午告诉范尼的消息。范尼要当父亲了。我们有孩子了。”

弗兰克把视线从我这里移开，转过去找我父亲。两个男人于是都离开了我们，之前他们一动不动地坐着，一个在椅子上，一个在沙发上：他们一起离开了，他们踏上了奇怪的旅途。在这次旅途中，弗兰克的脸色非常可怕，就像《圣经》里说的那样。他搬起石头，又把它们放下，他的视线被迫延伸到很远，延伸到他从来不曾梦想过的地平线之外。等他在我父亲的陪伴下回来时，他的脸色非常平静。“你和我一起出去大醉一场。”他对约瑟夫说。然后他笑了，看着几乎跟范尼一模一样，他说：“我很高兴，蒂希。我太高兴了。”

“那么，”亨特太太说，“谁来照管这个孩子？”

“父亲和母亲。”我说。

亨特太太直瞪着我。

“你可以放心，”弗兰克说，“绝不会是圣灵。”

亨特太太瞪着弗兰克，然后站起来，开始朝我走过来。她走得很慢，像是屏住了呼吸。我也站起来，走到了房间中央，也屏住了呼吸。

“我寻思你可以把你的贪欲的行为称作爱情，”她说，“但我不这么认为。我早就知道你会把我儿子给毁了。你身上有魔鬼——我早就知道。我的上帝让我很多年前就知道了。圣灵会让那个孩子在你子宫里萎缩。但我的儿子会得到原谅。我的祈祷会拯救他。”

她又荒唐又庄严，她很可怕。但是，弗兰克笑着走向她，用他的手背把她打倒了。是。她躺在地上了，她的帽子高高地撸到她脑后，她的衣服撸到她膝盖上方，弗兰克站在她身旁。她一声不响，弗兰克也一声不响。

“她的心脏！”莎伦轻声嘟囔。弗兰克又笑了。

他说：“我觉得，你会发现它还在跳动。不过，我可不能管它叫心，”他转向我父亲，“乔，让女人们关照她吧，你跟我来。”我爸爸还在犹豫。“来吧。来吧，乔。走。”

“跟他去吧，”莎伦说，“去吧。”

希拉在她妈妈身边蹲下。阿德里安娜把烟摁在烟灰缸里，站了起来。欧内斯汀从厕所里拿来按摩酒精，在希拉身旁蹲下。她把酒精倒在棉球里，用它摩搓着亨特太太的太阳穴和额头，仔细地摘下她的帽子，把它递给希拉。

“去吧，乔，”莎伦说，“我们这儿不需要你们。”

两个男人走了出去，门在他们身后关上，屋子里只有六个女人要互相打交道，哪怕就那么一会儿。亨特太太慢慢站起来，走到她椅子跟前坐下。她还没来得及开口，我就说：“你对我说的话太可怕了。这是我这辈子听见的最可怕的话。”

“我爸爸不该扇她，”阿德里安娜说，“她心脏确实虚弱。”

“她是头脑虚弱。”莎伦说。她对亨特夫人说：“圣灵确实把你的大脑变弱了，孩子。你是不是忘了，你诅咒的是弗兰克的孙子？当然，也是我的孙子。我知道，有些男人女人会把你那个虚弱的心脏挖出来，然后高高兴兴地下地狱，作为挖出你的心脏的代价。你要喝点茶，还是别的什么？你真该喝点白兰地，但我猜，你太神圣了，不会沾这玩意儿。”

“我觉得你没有权利嘲笑我妈妈的信仰。”希拉说。

“噢，别跟我扯这闲淡，”欧内斯汀说，“你觉得有这么个信教的老娘让你难堪，你都不知道怎么办了。你不嘲笑。你只是说这表示她还有个‘灵魂’，这样别人就不会觉得这毛病会传染——然后他们还会说你是个聪明、聪明绝顶的女孩儿。你让我恶心。”

“**你**让**我**恶心，”阿德里安娜说，“可能我妈想表达的不是这个意思——可她特别难受！而且，她确实有灵魂！你们这些时髦的黑鬼们，你以为你们有什么？她只问了一个问题，其实——”她举起一只手，不让欧内斯汀打断她，“她说，谁来照管这个孩子？谁？蒂希没有受过教育，天知道，她别的什么也没有，范尼也是一文不名。这个你自己也知道。那么。谁来照管这个孩子？”

“我来，”我说，“你这干巴老黄脸婆，你再没完没了地说，我就得好好照管照管你了。”

她把两手叉在臀部，这个傻帽儿，欧内斯汀插到我们俩中间，非常甜腻腻地说："阿德里安娜？宝贝儿？我能跟你说两句吗，糖块儿？甜心？甜糕糕？"她一只手非常轻柔地划过阿德里安娜的面颊。阿德里安娜颤抖了一下，但没有动弹。欧内斯汀让她的手停留着，再把玩了一会儿。"哦，蜜糖。从我第一次有幸看见你这个美妙的人儿，我就迷上了你的喉结。我做梦都想到它。明白我什么意思吧？你迷上什么东西的那种感觉？你从来没有对什么事情或什么人着迷过，对不对？你从来没有看见你的喉结是怎么滚动的，对不对？**我**可看见过。我现在正看呢。噢。太美味了。甜心，我只是不知道，我是该用我的手指还是牙齿把它挖出来——啊！或者把它抠出来，就像从桃子里把核抠出来一样。这可真是一件奇美无比的尤物。你明白我什么意思吧，蜜糖？但是，如果你碰我妹妹一下，我很快就会拿定主意。好吧，"她从阿德里安娜身旁挪开，"你碰她吧。碰吧，请便。把我心头这些锁链解开，让我获得自由。"

"我就知道我们不该来，"希拉说，"我早知道。"

欧内斯汀盯着希拉，一直盯到她被迫抬起头来。然后，欧内斯汀笑了，说："天哪，我肯定满脑子下流念头。我不知道你居然能说那个词。"

真正的仇恨让周围的气氛令人窒息。出现了某种毫无底线的东西，它和眼下屋子里发生的事情毫不相干。我突然觉得那两个姐妹有点可怜——但欧内斯汀没有。她站在她站着的地方，一只手叉在腰间，另一只手空着，只有她的眼珠在转动。她穿着灰色休闲裤、一件旧衬衣，她的头发没有梳理，也没有化妆。她在笑。希拉看起来好像呼吸不畅、站立不稳，好像想跑到她妈妈那儿去，而她妈妈还是坐在椅子上。阿德里安娜臀部很宽，她穿着一件白色衬衣、一条又短又窄的黑夹克、低跟鞋。她的头发从中间分开，用一条白色丝带在颈后扎住。她的手已经不再叉在臀部了。她的肤色，比一般浅肤色黑人其实还要深一度，已经变黑，变得斑斑驳驳的了。她的脑门上好像也油腻腻的。她的眼睛也随着肤色变黑了，皮肤在排斥化妆品，一点儿水分也没有。人们看得出来，她其实并不是真的漂亮，这张脸和身体都随着时间变得粗糙、厚重起来。

“来，”她对希拉说，“咱们离开这些嘴巴不干不净的人。”她说这话的时候，还带着某种尊严。

她们都向她们的母亲走去，我突然发现，她见证和保护着她们的纯洁。

这会儿，亨特太太站起来了，平和得令人奇怪。

“我真心希望，”她说，“你对你教养女儿的方式感到满意，里弗斯太太。”

莎伦也非常平和，但里面还有一种受惊的好奇：她瞪着亨特太太，什么都没说。亨特太太补充说：“这些女孩子不会给**我**带回小杂种来养，这个我可以向你保证。”

“可是，这快要出生的孩子，”莎伦说，顿了一顿，“是你的孙子。我真不懂你。是你的**孙子**。他是怎么来的，有什么区别？孩子跟这些都毫无关系——我们所有人都跟这个毫无关系！”

“那个孩子，”亨特太太说，她看了我一会儿，然后开始往门口走，莎伦一直盯着她看，“那个孩子——”

我让她走到门口。我妈像做梦一样，要去开锁，但我比她先到那儿，我背靠着门站住。阿德里安娜和希拉在她们的妈妈身后。

莎伦和欧内斯汀都没有动。

“那个孩子，”我说，“在我肚子里。现在，你抬起膝盖，把它踢出来吧——要么用那些高跟鞋也行。你不要这个孩子？来把它杀了吧。我谅你不敢。”我看着她的眼睛。“这也不是你要杀的头一个孩子。”我碰了碰她那顶倒装的煤斗车帽子。我看着阿德里安娜和希拉。“你对这两个大孩子干得不错——”然后我开了门，但我没有动，“好，你又想杀孩子了，在范尼这儿。我谅你不敢。”

“我们能走了吗？”阿德里安娜说，希望她的声音听起来冷若冰霜。

“蒂希。”莎伦说，但她没有动弹。

欧内斯汀越过我，把我从门边引开，把我交给莎伦。“女士们。”她说，然后走到电梯前，按了按钮。她已经超过了愤怒的极限。电梯到了，门开了，她把她们请进去，但用一只肩膀顶着门，说：“别担心。我们永远不会跟小孩儿说起你们，没办法告诉一个婴儿人类有多猥琐！”然后，她换了一种语气，一种我还从来没有听见过的语气，对亨特太太说：“祝福你子宫里的下一个果实。我希望它是子宫癌。我说话算数。”她也对那姐妹俩说：“如果你们这辈子再靠近这座房子一步，我会杀了你们。这个孩子不是你们的孩子——你们刚刚说过。如果我听说你们穿过了儿童游乐场，看见了这个孩子，你们都活不到得任何癌症的那一天。我可不是我妹妹。记着点儿。我妹妹太善良。我可不善。我爸爸和我妈妈都善良。我可不善。我能告诉你为什么没人干阿德里安娜——你想听听吗？我也能告诉你希拉是怎么回事，她用手绢给他们打飞机的那些爷们儿，在车里，在电影院里——现在，你想听听这些?”希拉开始哭了，亨特太太要关电梯门。欧内斯汀笑了，用一只肩膀支着电梯，她的声音又变了。“你刚刚诅咒了我妹妹子宫里的孩子。你千万别让我再看到你，你这个耶稣的杂种破新娘!”她朝着亨特太太脸上啐了一口吐沫，然后让电梯门关上了。她从电梯井里高喊着：“你诅咒的是你的亲骨肉，你这个恶心肮脏的干巴老婆娘！你把那个消息带给圣灵，如果他不高兴，你告诉他，他是个混蛋，他可离我远点儿。”

她回到屋子里，脸上满是泪水，走到桌前，为自己倒了一杯酒。她点着一支香烟，她在发抖。

莎伦一言不发。欧内斯汀把我交给了她，但是，莎伦并没有碰我。她做了一件更伟大的事情，她没有碰我，却拥抱了我，让我静静地一动不动。

她说：“两个男人在外面还会待一阵子。蒂希得休息一会儿。我们睡觉去吧。”

但我知道，她们让我上床睡觉，是为了让她们能够坐一会儿，没有我，没有男人们，没有任何人，然后勇敢地面对这个事实：范尼的家庭对他毫不在乎，不会做任何事情去帮助他。我们是他的家人，他唯一的家庭，一切都指望我们了。

我慢慢走进我的房间，在床前坐了一会儿。我累得哭都哭不出来。我累得什么感觉都没有了。其实，姐姐欧内斯汀把一切都担负起来了，一切，因为她想让孩子安全地来到这个世上，安然降生，这就意味着我得睡觉。

于是我脱了衣服，蜷缩在床上。我转过身去，我和范尼一起躺在床上的时候，我总是这样朝他转过身去。我爬进他的怀抱，他抱住我。他又一次显得那么真实，我不能哭。我的眼泪太伤害他。于是，他抱着我，我轻唤着他的名字，眼睛看着房顶上飘忽着的街灯的光。昏暗中，我能听见妈妈和姐姐在厨房里，假装她们是在玩金拉米纸牌游戏。

那天晚上，在银行街的房间里，范尼把墨西哥披肩从地板上的垫子上拿起来，披在我头上和肩上。他笑着退了一步。“我的天，”他说，“东哈莱姆[①]真有一朵玫瑰，”他又笑了，“下个礼拜，我要给你买一朵玫瑰，插在头发上。”然后，他不笑了，一种刺痛的沉默弥漫在房间里，弥漫在

① 东哈莱姆又称西班牙哈莱姆，是纽约曼哈顿区的一部分。该地区为纽约最大的拉丁族裔社区之一，居民主要为波多黎各裔，也包括其他拉丁族裔和黑人。

我耳中。就好像除了我们之外，没有任何别的存在。我不害怕。那比害怕还要深刻。我目不转睛地看着他，无法转移我的视线。我一动不动。这比害怕还要深刻，但也还不是欢乐。是奇妙。

他开口说话，人并没有动："我们是大人了，你明白吗？"

我点点头。

他说："你永远属于我，对不对？"

我又点点头。

"你也知道，"他还是没有动，用他那双眼睛拥抱着我，"我永远属于你，对吧？"

我说："我从来没有那么想过。"

他说："现在想想吧，蒂希。"

"我只知道我爱你。"我说，我开始哭起来。披肩显得又沉又热，我想把它摘掉，但我不能。

然后他动了，他的面容变了，他走到我身边，摘下披肩，把它扔到一个角落。他把我拥进怀里，亲吻了我的眼泪，然后亲吻了我，接着，我们两个人都知道了我们以前不知道的事情。

"我也爱你，"他说，"但我可不会为这事哭鼻子。"他笑了，他把我也逗笑了，然后他又亲吻了我，亲得更深了一些，他不再笑了。“我要你嫁给我。”他说。我看起来肯定有些吃惊，因为他说：“没错。我是你的，你是我的，就这么回事，宝贝儿。但我得跟你解释一些事情。”

他拉着我的手，把我领到他的工作台前。

“我的生命就在这里，”他说，“我真正的生命。”他拿起一小块木头，大约两个拳头大小。里面好像可以挖出一只眼睛，还有一块看起来像是鼻子，其他的不过是一块好像在呼吸的木头。“将来某一天有可能成就一番事业，”他说，把它轻轻放下，“但我觉得我可能已经搞砸了。”他拿起另外一块木头，一个男人大腿大小，里面套着一具女人的躯干。“我现在对她还一无所知。”他说着把它放下，还是那么轻轻地。尽管他搂着我的一只肩膀，离我非常近，但还是非常遥远。他带着淡淡的微笑看着我。“现在，听着，”他说，“我不是那种顽主，到处追别的女人或干别的坏事，让你日子不好过。我吸点大麻，但我不用注射毒品，我真的特别直率。但是——”他停下来看着我，非常安静、非常坚毅。他身上有一种坚毅，我以前从来没有意识到。在他的坚毅中，涌动着他的爱，就像一股激流或者一道烈火那样涌动着，超越理智，不容置辩，生活中能够发生的任何事情，都不能改变它一分一毫。我是他的，他是我的——我突然意识到，如果我试图改变这个法则，我就会是一个非常不幸的女孩子，说不定会失去生命。

“但是，”他接着说，从我身边走开，沉重的手像是要把空气划出形状，“我和木头、石头一起生活。我地下室里有石头，我总是在这儿干活，我要找一间阁楼，我可以真正在那里工作。所以，我想告诉你的是，蒂希，我没有太多的东西给你。我没有钱，我到处打打零工——只是为了挣口饭吃，因为我不会去找那些傻乎乎的正式工作——这就是说你也得工作，等你回家的时候，我很可能会嘟囔一声，然后接着忙着凿啊砍啊，有时候你可能还会想，我说不定根本就不知道你在那儿。但永远不要这么想。你一直和我在一起，永远在一起，没有你，我真不知道我能不能撑得下去，宝贝儿，等我放下凿子，我会来到你身边。我永远会来到你身边。我要你，我爱你，”他笑了，“这样行吗，蒂希？”

“当然行了。”我说。我还想多说点儿，但我的嗓子哽住了。

他抓住我的手，然后，把我带到地板上的垫子上。他在我身旁坐下，把我拉下来，这样我的脸就在他的脸下方，我的头在他的膝头。我在他身上觉察出一种恐怖。他知道我能感觉到他的阴茎硬起来了，开始顶着他的裤子和我的下颌。他要我感觉到它，但他又很害怕。他亲遍了我的脸、我的脖子，他亮出我的乳房，把他的牙和舌头贴过去，他的手爱抚着我的全身。我知道他在干什么，我又不知道他在干什么。我就在他的手心里，他喊着我的名字，他的喊声如雷贯耳。我就在他的手心里，我正在被他改变，我能做的，也就是紧紧地依靠着他。直到我明白了的时候才发现，我也在亲吻他，我身上的一切都在破碎、改变、旋转，向他移动。如果他没有拥抱着我，我会一路扑倒下去，或者往后倒，必死无疑。我的生命在支撑着我。我的生命占有了我。仿佛是第一次，我听见，我感觉到了他的呼吸。但是，他的呼吸，就像是从我这里升起的一样。他打开我的双腿，或者我打开了我的双腿，他亲吻着我大腿的内侧。他把我的衣服脱光，他亲吻着我的全身，然后，他用披肩盖住我，然后走开了。

披肩很痒。我忽冷忽热。我听见他在厕所里。我听见他拉水箱冲水。等他回来时，他已经赤身裸体。他钻到披肩底下，贴近我，把他颀长的身体躺在我身体上面，我能感觉到他长长的黑黑的重重的阴茎贴着我的肚脐搏动着。

他用手捧着我的脸，托着我的脸，亲吻着我。

“别怕，”他轻声耳语，“别怕。只要记住，我属于你。只要记住，无论为了什么，我都不会伤害你。你得慢慢习惯我。我们有的是时间。”

这时候大概是凌晨两点到三点之间，他知道我在想什么。“你妈妈和爸爸知道你在我这儿，”他说，“他们也知道我不会让你出什么事的。”然后，他挪下身来，他的阴茎摩擦着我。“别怕，”他又说，“抱住我。”

我抱住他，痛苦的拥抱，世界上没有任何别的可以抱住的东西。我抓住他毛茸茸的头发，我说不清是他在呻吟还是我在呻吟。痛，痛，不痛。一件重重的分量，一种存在，进入了我——进入我以前不知道存在的地方。一件事发生了，前所未知的事件。我差点叫出声来，我开始哭。疼。不疼。我想把他推下来，我把他抱得更紧，他还是动啊动啊动。我以前不知道他这样无所不在。我喊叫着，靠着他的肩膀哭叫。他停了下来。他把两只手都放在我臀部下面。他退后了一些，但没有全部出来，我没有着落地等了一会儿，然后他又把我拉近他，全力地挺了进去，我里面什么东西破裂了。有什么东西破裂了，我发出一声嘶喊，但他用他的嘴唇盖住我的嘴唇，用他的舌头压住了我的叫喊。他的呼吸冲进我的鼻子，我在呼吸着他的呼吸，和他的身体一起抽动着。现在，我完全敞开了，既无助又无力，我全身都能感觉到他。我发出歌唱，他的身体变得神圣起来——他的臀部，颤抖着，上升，下降，他的大腿在我的大腿之间，他胸膛的重量压在我的胸膛上，把我带到了全新的国度。我想笑，想哭。然后，一件全新的事发生了，我笑了，哭了，我呼唤着他的名字。我把他抱得越来越紧，我用力地接受这一切，他的所有。他停下来，他吻我，吻了又吻。他亲遍了我的脖子和乳房。我们都上气不接下气。如果我们不马上呼吸，我知道我们会窒息而死。范尼又动了起来，刚开始非常缓慢，然后越来越快。我觉得快来了，觉得我自己快来了，冲破所有的边缘，我内在的一切都往下朝着他奔流而去，我一遍又一遍地呼唤着他的名字，他低低地吼着我的名字，无情地冲撞着——他突然屏住呼吸，一下猛冲，一声抽泣，他释放了，他从我身体里拔出来，紧紧地抱着我。

我们一动不动地躺着，黏在一起，躺了好长时间。

“对不起，”沉默了好久以后，他终于说，有些不好意思，“弄得到处都是。但我猜你不想马上就要孩子，我身上又没有带套子。”

“我可能也弄得到处都是，”我说，“这是我的第一次，不是应该有血吗？”

我们在低声耳语。他笑了笑。“我可是大出血。咱们瞧瞧？”

“我喜欢这样躺着，和你在一起。”

“我也喜欢。你喜欢我吗，蒂希？”他听起来像个小男孩，“我是说，我和你做爱的时候——你喜欢吗？”

我说：“噢，得了吧。你就是想让我说出来。”

“这倒是。那么？”

“那么什么？”

“那么你干吗不干脆说出来呢？”他亲了亲我。

我说：“有点像被卡车撞了一样。”他又笑了。“但这是发生在我身上的最美妙的事。”

“我也是。”他说。他说的样子特别奇特，就像他说的是别人一样。“没有人曾经那样爱过我。”

“你有过很多女孩吗？”

“没有很多。没有一个值得你费心的。”

“我认识她们吗？”

他笑了。“你要我在大街上把她们指给你看吗？不过，你知道这样不好。而且，我现在有点知道你的底细了，我觉得这样也不安全。”他靠近我，把手放在我的乳房上，“你是只小野猫，丫头。就算我有精力去追别的狐狸精，我肯定也没有那个能量。我真得开始补点儿维生素了。”

“哦，住嘴。你真恶心。”

“我为什么恶心？我只是说我的健康状况。你一点儿也不在乎我的健康吗？它们外面还裹着巧克力呢——维生素，我是说。”

“你疯了。”

“好吧，”他高兴地承认了，“我为你发疯。要不，咱们还是看看灾情如何，不然这玩意儿都凝固成水泥了。”

他开了灯，我们低头看着我们自己和我们的床。

我们看着真有点不像话。有血，血还不少——或者我觉得有很多血，但没有吓着我，我觉得又骄傲又幸福——他身上有，床上有，我身上也有。他的精液和我的血在慢慢地流下我的身体，他的精液黏在他身上，也黏在我身上，在昏暗的灯光下，衬着我们黝黑的身体，那看上去有点像某种奇怪的油膏。或者像我们刚刚完成了一个部落仪式。范尼的身体对我来说完全是个谜——爱人的身体总是一个谜，不管你对它有多么了解：它是一只不断变化的容器，放置着一个人的生命中最庄重的神秘。我看着他厚厚的胸膛，他平坦的小腹，肚脐，卷卷的黑毛，沉重的耷拉着的男性器官——他没有割包皮。我抚摸着他消瘦的身子，我亲吻着他的胸脯。他的胸脯有咸味儿，还有一种刺鼻的、不知名的苦佐料的味道——显然，如俗话所说，我以后会慢慢习惯这种味道。他一只手握着我的手，另一只手放在我的肩膀上，把我紧紧抱住。后来他说："咱们得走了。我最好在天亮前把你送回家。"

凌晨四点半了。

"好吧。"我说，我们站起来，走进淋浴间。我清洗着他的身子，他清洗着我的身子，我们像孩子一样不停地笑，他警告我，如果我不把手从他身上拿开，我们可能永远也回不了上城，我爹说不定会气炸了，而且，范尼说，他毕竟还有好多事要和我爹谈，他得马上去和我爹谈谈。

范尼七点钟时把我带回家。往上城的全程中，在几乎空荡无人的地铁上，他一直用胳膊拥着我。这是星期天早晨。我们手拉着手，一起在我家门口那条街上走着，连上教堂的人都还没有起来。有些还没有上床睡觉的人，为数不多，对我们视而不见，他们对一切都视而不见。

我们到了我家门廊下，我以为范尼会在那儿和我再见，我转过身和他吻别，但他拉着我的手说：“来。”我们一起走上楼。范尼去敲门。

姐姐开了门，她的头发扎起来了，穿着一件旧绿睡袍。她看着凶巴巴的。她看看我，再看看范尼，又看看我。她不想笑，但她还是笑了。

“你们正好赶上喝咖啡。”她说，从门口挪开，让我们进门。

“我们——”我开始说话。但是，范尼说：“早上好，里弗斯小姐。”他语气里有什么东西令她狠狠地看了他一眼，完全醒过来了。“对不起，我们回得这么晚。我能和里弗斯先生谈谈吗？非常重要。”

他还拉着我的手。

“要见他，你还是进来容易些，别站在过道里。”

“我们——”我又开始说，天知道想找些什么借口。

“想结婚。”范尼说。

“那你们真得喝点咖啡。”姐姐说，把门从我们身后关上。

莎伦正在往厨房走，她比姐姐多少要穿戴得整齐一点——也就是说，她穿着休闲裤、一件毛衣。她把头发编成一条辫子，把它夹到头顶。

“你们俩在哪儿，”她说，“待到早上这个时候？你们不知道不该这样吗？我说，我们差点都要给警察打电话了。”

但是，我也看得出来，她看见范尼在厨房里和我坐在一起，有些如释重负。这意味着一件非常重要的事情，她知道。如果我独自上楼，局面将会完全不同，她的麻烦也会完全不同。

“对不起，里弗斯太太，”范尼说，“全是我的错。我好几个星期没见到蒂希，我们有好多话要说——我有好多话要说——然后——”他打了个手势，“我让她回家晚了。”

“说话？”莎伦问。

他没有退缩，他没有垂下眼睛。“我们想结婚，”他说，“就是因为这个，我才让她在外面待到这么晚。”他们互相看着对方。“我爱蒂希，”他说，“所以我才那么久没来这儿。我甚至——”他飞快地看了我一眼，“去找别的女孩子——呃——我做了好多事情，就是为了不想这件事。”他又看看我。他垂下眼睑。“但我知道我是在自欺欺人。除了她，我谁也不爱。然后我就害怕了，我怕她走开了，别的什么人会出现，把她带走，所以我就回来了。”他努力想笑一下。“我立马跑回来了。我再也不想离开了。”他接着说，“她一直都是我的女朋友，这个你知道。还有——我不是坏小子。

这个你知道。还有——你们是我唯一的家人。”

“那么，”莎伦嘟囔着说，“我就不明白你怎么突然管我叫里弗斯太太。”她看着我。“对。我希望你明白，小姐，你只有十八岁。”

“那个老生常谈，”姐姐说，“一钱不值，加一枚地铁硬币，才能让你从这儿坐到那个角落。说不定还走不了那么远！”她倒了一杯咖啡。“事实上，姐姐应该先结婚。但这个家里，我们从来就没有什么规矩。”

“你怎么看这件事？”莎伦问她。

“我？把这个讨厌的家伙弄走，我太高兴了。我真是受不了她。我发誓，我真不知道你们在她身上看见什么了不起的东西。”她笑嘻嘻地在桌前坐下，“多吃糖，范尼。相信我，如果你要和我这个甜蜜蜜、甜齁齁的妹妹捆绑在一起，你也需要加糖。”

莎伦走到厨房门口，大声喊道：“乔！到这儿来！十万火急，闪电击中穷人的房子了！快来，马上就来，我可是当真的。”

范尼抓住我的手。

约瑟夫来到厨房，他拖着拖鞋，穿着旧灯芯绒裤和一件 T 恤衫。

然后他看见了范尼，范尼放开我的手，站了起来。

他说："里弗斯先生，千万不要骂蒂希。都是我的错，先生。我让她在外面待的时间太长了。我得找她谈话。对不起。里弗斯先生。对不起。我向她求婚了。所以我们才出去这么长时间。我们想结婚。我来这儿就是为了这事。你是她的父亲。你爱她。我知道你知道——你肯定知道——我爱她。我一直就爱她。你知道。如果我不爱她，我现在就不会站在这个房间里，对吧？我就会把她扔在门廊下，又跑个没影。我知道你想揍我。但是我爱她。我能告诉你的就这些。"

约瑟夫看着他。

"你多大？"

"我二十一岁，先生。"

"你觉得这么大就可以结婚了？"

"我不知道，先生。但这么大就知道你爱的是谁了。"

"你觉得是这样？"

范尼站直了。"我知道是这样。"

"你拿什么养活她？"

"你是拿什么养活她的？"

我们，我们这些女人，都和这个对话无关了，我们知道。欧内斯汀给约瑟夫倒了一杯咖啡，推给他。

“你有工作吗？”

“我白天装卸搬运卡车，晚上雕塑。我是个雕塑家。我们知道不容易。但我是个真正的艺术家。我会成为一个很好的艺术家——说不定甚至会是一个伟大的艺术家。”他们又互相盯着对方。

约瑟夫端起咖啡，看都没看它一眼，抿了一口，也没尝出什么味道。

“现在，我们把话说清楚。你求我的小女儿嫁给你，她说——”

“愿意。”范尼说。

“你来这儿是告诉我，还是请求我答应？”

“两者都有，先生。”范尼说。

“你没有什么——”

“前程。”范尼说。

两个男人再次互相打量着对方。约瑟夫把咖啡放下。范尼没有碰他的咖啡。

“你要是我的话，会怎么办？”约瑟夫问道。

我能感觉到范尼在颤抖。他情不自禁——他的手轻轻地碰了一下我的肩头，然后又拿开了。“我要是你，我会问你的女儿。如果她告诉你她不爱我，我会走开，再也不打搅你了。”

约瑟夫严厉地看着范尼——长长的凝视，你能看到怀疑渐渐地让位于某种让步的温柔，一种自我认知。他看起来像是想把范尼揍翻在地，他看起来又像是想拥抱范尼。

然后，约瑟夫看着我。

“你爱他吗？你想嫁给他吗？”

“是，”我以前还不知道我的声音听起来这么陌生，“爱。想。”然后，我说：“你这个女儿像你，你知道，也像妈。所以，你应该知道，我说一是一，说二是二。范尼来这里征求你的许可，他这么做我很喜欢。我很想得到你的许可，因为我爱你。但我不能嫁给你。我要嫁给范尼。”

约瑟夫坐下了。

“什么时候？”

“等我们凑足了钱就结婚。”范尼说。

约瑟夫说：“你和我，小伙子，我们最好到另外一个房间里去。”

于是，他们俩都走了。我们没有说什么。我们无话可说。只有妈妈过了一会儿说：“你肯定爱他，蒂希？你肯定？”

“妈妈，”我说，“你为什么要问这个问题？”

“因为她一直暗暗地希望你能嫁给洛克菲勒州长。”欧内斯汀说。

妈妈严厉地瞪了她一会儿，然后笑了。欧内斯汀，无意间接近了事实真相——不是字面上的真理，而是真相：追求安定的梦想不是那么容易就破灭的。我说：“你知道，那个干瘪的吸毒老头子对我来说可太老了。”

莎伦又笑了。“他可不这么看他自己。但是，我猜我可能受不了他看你的样子。所以。这个话题就免提了。你要嫁给范尼。好吧。我认真想想。”她这时候停顿了一下，在某种意义上，她已经不是我的妈妈莎伦，而是别的什么人，但这个别的什么人又恰恰是我的妈妈莎伦。“我觉得我特别满意。”她往后靠着，抱着胳膊，看着别处，很认真地思索，“是啊。他很真实。他是个男人 。”

“他现在还不是一个男人，”欧内斯汀说，“但他会成为一个男人——要不你在那儿坐着，怎么忍不住要流泪呢。因为这就意味着你的小女儿要变成一个女人了。”

“哦，住嘴，”莎伦说，“求求上帝让你嫁给什么人，这样我可以把你烦个半死，而不是让你把我烦死。”

“你也会想我的，”欧内斯汀说，声音很轻，“不过我觉得我可能永远不会结婚。有人结婚，你知道——妈妈——有人不结婚。”她站起来，绕着房间走了那么一圈，然后又坐下。我们能够听见另一个房间里范尼的声音、爸爸的声音，但我们听不清他们在说什么——还有，我们还使劲不要去听他们在说什么。男人就是男人，有时候他们不想被打搅。尤其是你有足够的常识，知道他们是关起门来一起待在一个房间里，他们可能并不是特别想在那里，他们关上门，是出于他们对屋外的女人们的责任感。

“这一点我懂。”莎伦非常平静地说，一动不动。

“唯一的麻烦是，”欧内斯汀说，“有时候，我们喜欢属于某个人。”

“但是，”我说——我都不知道我要说出这样的话，“属于某个人，是非常吓人的。”

可能直到我听到我自己说这话之前，我都不知道这是事实。

“半斤八两。”欧内斯汀笑着说。

约瑟夫和范尼从另一个房间里回来了。

“你们两个都疯了，”约瑟夫说，“但我也没有什么办法。”他看着范尼。他笑了——笑得又甜蜜又勉强。然后，他看着我。“但是——范尼是对的——总有一天，有个人会来把你带走。我只是没想到这么快就会发生。但是——就像范尼说的，也确实是这样——你们从小就一直在一起。你们现在不是孩子了。”他抓起范尼的手，把范尼拉到我身边，又抓起我的手，拉我站起来。他把我的手放在范尼手中。“互相关照吧，”他说，“你们会发现，这可不仅仅是说说而已。”

范尼脸上流下了泪水。他亲吻了我父亲。他放开我的手，走到门前。“我得回家，”他说，“告诉我爸爸。”他的脸不同了，他看着我，隔空亲吻了我。“他会特别高兴的。”他说着打开门。他对约瑟夫说：“我们今天晚上六点钟回来，行不行？”

“行。”约瑟夫说，他现在已经是满面笑容了。

范尼走出门。两三天以后，星期二还是星期三，我们一起又到了下城，开始认真地寻找我们的阁楼。

结果，找阁楼变成了一次半的旅行。

星期一的时候，海伍德先生如约留在办公室。我大概七点十五分到那儿，妈妈和我一起。

我猜海伍德先生大概三十七岁，长着温和的棕色眼睛和开始变薄的棕色头发。他特别特别高，块头很大，看着挺和善，至少是够和善，但我就是觉得和他在一起不舒服。我不知道这样怪罪他是不是不公平。这些天来，我跟谁在一起都觉得不舒服，我想，我肯定也不会觉得和一位律师在一起会舒服。

我们进门时，他站了起来，让妈妈坐那张大椅子，我坐那个小点儿的椅子，他自己回到桌子后面坐下。

“两位女士今天好吗？里弗斯太太？你呢，蒂希？见范尼了吗？”

“见了。六点钟去的。”

“他怎么样？”

在我看来，这个问题总是很傻。如果一个人在为了离开监狱而斗争，他能怎么样？不过，当然，我也得强迫我认识到，从另一方面看，这确实也是一个非常重要的问题。首先，这是个我必须面对的问题；其次，知道范尼怎么样，可能对海伍德先生有很重要的意义，可以帮助他处理这个案件。但是，我又不想告诉海伍德先生任何关于范尼的事情。那么多情况，我觉得他早就该知道了。但是，在这件事上，我可能也不太公正。

“哦，这么说吧，海伍德先生。他讨厌坐牢，但他努力不让牢狱生活把他击垮。”

“咱们什么时候才能把他救出来？”

海伍德先生看看妈妈，再看看我，微笑着——这是一个痛苦的微笑，就像有人刚刚踢了他的裤裆一样。他说：“唉，你们女士知道，这个案子非常棘手。”

“要不然我姐姐怎么会雇佣你呢。”我说。

“现在你开始觉得她不该相信我了？”他还在微笑。他点着一支雪茄。

“不是，”我说，“我不会那么说。”

我不敢那么说——至少现在不敢那么说——因为我害怕还得去找另外一个律师，而且这个律师很可能会更糟糕。

“我们喜欢和范尼在一起，”妈妈说，“我们特别想他。”

“我当然理解，”他说，“我在尽力把他给你们接出来，尽快把他接出来。但是，你们两位女士知道，最大的困难是罗杰斯太太拒绝重新考虑她的证词。而且，她现在不见了。”

“不见了？”我喊着，“她怎么就不见了？”

“蒂希，”他说，“这个城市特别大，这个国家特别大——而且，这个世界也特别大。人们确实会消失。我觉得她没有走得太远——他们肯定没有钱长途旅行。但是，她家人可能把她接回波多黎各了。不管怎么说，要找到她，我需要雇佣特别调查员，这样——”

“就意味着需要花钱。”妈妈说。

“是啊。”海伍德先生说。他吸着雪茄，看着我，脸上带着奇怪的、期盼的、惊人的忧伤表情。

我本来是站着的，现在我坐了下来。“那个肮脏的婊子，”我说，“脏婊子。”

“多少钱？”妈妈问。

“我尽量花得越少越好，”海伍德先生带着害羞的、男孩子般的笑容说，“但是，特别调查员——很特别，我担心，而且他们也知道。如果我们幸运的话，我们几天之内就能找到罗杰斯太太，或者几个星期以内。找不到的话，”他耸耸肩，“眼下，我们先假设我们幸运吧。”他又笑了。

“波多黎各。”妈妈忧心忡忡地说。

“我们还不能断定她就是回了那儿，”海伍德先生说，“但是非常可能。总之，她和她丈夫几天前从花园街的公寓中消失了，也没有留下转邮件的地址。我们也没能联系到她其他的亲戚，叔叔阿姨什么的，他们反正一直也不太合作。”

“但是，就这么消失了，”我说，“她的故事不就说不过去了吗？她是这个案件的关键证人。”

“是。但她是一个苦恼、无知的波多黎各女人，正在遭受着强奸后遗症的折磨。所以她的表现也不是不可理解的。你明白我的意思吧？”他认真地看着我，改变了语气，“而且，她还只是关键证人之一。你忘了警官贝尔的证词——他的证词，才是确认强奸犯的真正权威的证词。这个贝尔发誓他看见范尼从犯罪现场跑开。我一直认为——你们记得，我们讨论过这个——罗杰斯夫人只是不断重复他的证词——”

“如果他在犯罪现场看见了范尼，那么，他干吗要等着，然后到家里来把他带走？”

“蒂希，”妈妈说，“蒂希。”然后她对海伍德说：“你是说——我现在搞清你的意思了——是贝尔警官告诉她怎么说的？你是这个意思？”

“是。”海伍德先生说。

我看着海伍德。我看看房间四周。我们在下城，靠近百老汇，离三一教堂不远。办公室用的是深色木头，光滑锃亮。桌子很宽，上面有两部电话，有一只按钮不停地闪。海伍德不管它，只是看着我。墙上有奖状和证书，一张海伍德父亲的大照片。桌子上有两个相框，一个相框里是他微笑着的妻子，另一个相框里是他的两个儿子。这个房间和我没有联系。

可是，我在这里。

“你是说，”我说，“在这个案件里不可能得出真相？”

“不，我不是这个意思，”他重新点燃了雪茄，“事实真相没有关系。关键是——谁赢。”

雪茄的烟雾弥漫在整个房间里。“我不是说，”他字斟句酌地说，“我怀疑真相。如果我不相信范尼是无罪的，我根本不会接这个案子。我对贝尔警官有点了解，他是个种族主义者，他撒谎——我当他面都说过，所以你随时随地、对任何人都完全可以引用我说的话——我也了解负责这个案件的地区检察官，他更糟糕。好。你和范尼坚持说你们两个在一起，在银行街的一个房间里，还有一个老朋友丹尼尔·卡蒂。你知道，你的证词不算数，而丹尼尔·卡蒂刚刚被地区检察官办公室逮捕，现在和外界没有联系。他们不许我去见他。”现在，他站起来，踱到窗前。“他们这么做实际上是犯法的——但是——丹尼尔有犯罪记录，你知道。显然，他们是想让他改变他的证词。还有——我不确定这一点，但我敢打赌——罗杰斯太太就是这样消失的，就是因为这个原因。”他踱回到桌子前坐下。“所以，你看吧。”他看着我，“我会尽量把它处理好。但这个过程不会容易。”

“你什么时候要钱？”妈妈问。

“我已经开始行动了，”他说，“开始追踪那位女士。你一搞到钱我就要。我还要强迫地区检察官办公室允许我见丹尼尔·卡蒂，但是，他们会给我设置重重障碍——”

“我们是在争取时间。”妈妈说。

“是。”他说。

时间。这个词像教堂的钟声一样敲响着。范尼在服刑。六个月之后，我们的孩子会出生。某个时间点上，范尼和我相遇了；某个时间点上，我们相爱了；某个点上，不再是在时间上，而是完全仰仗于时间的慈悲，我们相爱着。

某个时间点上，范尼在牢房中来回踱步，他的头发长得——越来越毛茸茸的。某个时间点上，他摸着下颌，盼着能刮刮脸。某个时间点上，他抓一抓胳肢窝，盼着能洗个澡。某个时间点上，他看看周围，知道有人在撒谎，在时间上，在时间的纵容下。在另一个时间，他为自己的生命担忧：现在，他害怕死亡——在某个时间点上。每天早上，他醒来时，蒂希在他的眼帘前；每天晚上，他睡着时，蒂希在折磨着他的肚脐。时间上，他现在生活在无数人的吼叫、恶臭、美好和恐惧之中。眨眼之间，他就被扔进了这个地狱。

时间是无法购买的。时间接受的唯一钱币是生命。坐在海伍德先生的皮扶手椅上，我从巨大的窗户看出去，看着下面，看着百老汇大街，我开始哭泣。

“蒂希。”海伍德无助地说。

妈妈走过来把我抱在怀里。

“咱们别这样，”她说，“别这样。”

但是我还是哭个不停。看起来我们永远也找不到罗杰斯太太；贝尔永远也不会改变他的证词；丹尼尔会挨打，直到他改变他的证词；范尼会在监狱里腐烂，范尼会死在牢中——我——没有范尼我活不下去。

“蒂希，”妈妈说，“你现在是个成年女人了。你一定得做一个成年女人。我们的处境很艰难——但是，如果你认真思考一下，这没有什么新鲜的。正是因为如此，闺女，你不要放弃。你不能放弃。我们一定要把范尼接出来。我不在乎我们要用什么样的办法把他接出来——你懂我的意思吗，闺女？这样的事情该有个头了。你不这么想，就会气病的。你现在可不能生病——你知道——我宁可让州政府杀了他，也不能让你杀了他。所以，来吧——我们把他弄出来。”

她离开我。我擦干了眼泪。她朝海伍德转过身去。

“你有没有那个女孩子在波多黎各的地址？”

“有，”他在一张纸上写下地址，把它交给她，“我们这个星期就让人去。”

妈妈把纸叠起来，放进包里。

“你觉得你要过多久才能见到丹尼尔？”

“我想明天就见他，”他说，“但我得想尽各种办法才能见到他。”

“好吧，”妈妈说，“你尽力就好。”

她回到我身边。

“我们回家一起合计。海伍德先生，我们开始为救他出来而努力，我让欧内斯汀明天一早就给你打电话。行不行？”

“行。请代我问欧内斯汀好。”他放下雪茄，走过来，笨拙地把手放在我肩上。“我亲爱的蒂希，”他说，“你要挺住。请一定要挺住。我向你保证，我们一定会赢，范尼会重获自由。是，这事不会容易。但是，也不会像今天看起来那样遥不可及。”

“告诉她。”妈妈说。

“不过——我去看范尼的时候，他问的第一个问题总是关于你。我总是说，蒂希？她很好。但他观察我的脸，确认我没有撒谎。我不会撒谎。我明天要去看他。我怎么跟他说？”

我说：“告诉他我很好。”

“你能给我们笑一个吗？我跟他说的时候顺便捎带上这个微笑。我可以把它带上。他会喜欢的。”

我笑了，他笑了，我们之间，第一次发生了某种非常有人性的关系。他放开我的肩膀，走到妈妈身边。“你能让欧内斯汀十点钟左右给我打电话吗？或者更早，如果可能的话。否则，她下午六点钟之前别想找到我。”

“好吧。谢谢你，海伍德先生。”

“你知道吗，我希望你略去先生二字。”

“哦——好吧。海伍德。叫我莎伦。”

“好！经历过这样一件事，我希望我们能够成为朋友。”

“我们一定会的，”妈妈说，“再次谢谢你。再见。”

“再见。别忘了我说的，蒂希。”

“我不会忘的。我保证。告诉范尼，我很好。”

“这才是我的好姑娘。哦不对，”他看起来更像个男孩子了，“范尼的好姑娘。”他笑了。他为我们打开门。“再见。”

我们说：“再见。”

一个星期六下午，范尼在第七大道上走的时候，和丹尼尔重逢了。他们从上学时到现在都没有见过面。

丹尼尔没怎么变。他还是很粗壮、黝黑、大嗓门，他二十三岁了，比范尼稍微大一点，他的旧相识已经越来越少了。所以，他们见面时，先是真正的惊奇和高兴，然后就在大街上互相拥抱、开怀大笑、互相敲打着头和肩，又像孩子一样。尽管范尼不喜欢酒吧，他们还是到最近的一个酒吧坐下，要了两瓶啤酒。

“喔！你现在怎么样？”我不知道他们俩谁问的这个问题、谁先问的，但是我能看见他们的脸。

“你干吗问我，哥们儿？”

“因为，就像人家说喜马拉雅山似的，因为你就在那儿。”

“哪儿？”

“说真的，哥们儿——你混得怎么样？”

“我在服装厂给犹太人当差，推手推车，哥们儿，坐着电梯上上下下的。”

“你家人怎么样？”

“哦，我爸爸没了，哥们儿，走了有一阵子了。我和我妈妈还在老地方。不过，她有静脉曲张 。呃——”丹尼尔低头看着他的啤酒。

“你干什么呢，我说的是现在?”

“你是说，就这会儿?”

“我是说，你有什么计划吗，哥们儿?你能不能来我这儿玩玩?我是说，这会儿?”

“我没什么事儿。”

范尼喝下了啤酒，交了酒钱。“来吧。我们回我那儿喝点啤酒。来吧。你记得蒂希吧?”

“蒂希?”

“是啊，蒂希。瘦瘦的小蒂希。我的女朋友。”

“瘦瘦的小蒂希?”

“是啊。她还是我的女朋友。我们要结婚了，哥们儿。来吧，我给你看看我的住处。她会给我们弄点吃的——来吧，我跟你说过，我们家里有啤酒。”

尽管他真不该花钱，他还是把丹尼尔推进一辆出租车，他们沿着银行街行驶过来：我并不知道他们这会儿就会回来。但是，范尼很慷慨大方、十分高兴。实情是，我从范尼眼里闪烁的光芒中，就知道来人是丹尼尔。因为，丹尼尔并非没有变化，我能看出他受到的打击有多深。这不是因为我观察能力强，而是因为我爱范尼。爱情和恐惧都不会让人变得盲目，只有冷漠才会使人变得盲目。我不能对丹尼尔冷漠，因为我从范尼的脸上看出，对他来说，像奇迹一般地从他过去的沼泽水洼中挖出一个朋友，是多么美妙的事情。

但是，这也意味着我必须出去买东西，于是我就出去了，让他们独自待着。我们有个播放机。我出门时，范尼正在放《与什么比较》，丹尼尔蹲在地板上，喝啤酒。

“那么，你是真要结婚了？”丹尼尔问，有点羡慕，又有点打趣。

“是啊，我们正在找住处——我们在找一间阁楼，阁楼费的钱不是特别多，你知道，这样我可以工作，又不会把蒂希烦死。这个房间一个人住都不够大，更别说两个人住了，我的作品全在这儿，地下室还有，”他一边说话，一边卷了一支烟，为他自己，也为蹲在他对面的丹尼尔，“东区有很多空着的阁楼，哥们儿，谁也不想租这些阁楼，除了我这样的疯子。它们全都是火灾陷阱，有的甚至连厕所都没有。那么，你还以为找一间阁楼是小菜一碟呢。”他点着香烟，吸了一口，然后递给丹尼尔。“但是，哥们儿——这个国家真的不喜欢黑人。他们不喜欢黑人到了这个程度，哥们儿，他们情愿优先把房子租给麻风病人。我发誓。”丹尼尔嘬了一口烟，把它又递还给范尼。*疲惫的老妇亲吻着狗儿！*播放机唱着。范尼嘬了一口，喝了一口啤酒，又把烟递给丹尼尔。“有时候蒂希和我一起去，有时候她一个人去，有时候我一个人去。但是经过总是一样，哥们儿。”他站了起来。“现在，我不让蒂希一个人单独去了，因为，上个星期我们以为阁楼租到手了呢，那个家伙答应租给她。他以为她对他有那意思，他其实是这样想的。蒂希来告诉我，那么自豪，那么幸福。”他又坐下了。“然后我们就到那儿去。那家伙一看见我，就说这里面有误会，他不能出租这间阁楼了，因为他有很多亲戚，过半个钟头就从罗马尼亚来了，他得把阁楼给他们。狗屁。我告诉他，他在放屁，他威胁着要叫警察来逮捕我。”他把烟从丹尼尔手里拿过来。“我真的得想办法搞点钱，离开这个他妈的国家。”

“你打算怎么搞？”

“我还不知道呢，”范尼说，“蒂希不会游泳。”他把香烟递给丹尼尔，他们边咳边大笑着。

“说不定你可以先去。”丹尼尔认真地说。

香烟抽完了，音乐也放完了。

“不行，”范尼说，“我觉得不能那么干。”丹尼尔看着他。“我太害怕。”

“怕什么?”丹尼尔问,尽管他其实知道这个问题的答案。

“就是害怕。”范尼沉默良久之后说。

“害怕蒂希会出什么事?”丹尼尔问。

又是良久的沉默。范尼盯着窗户外面。丹尼尔盯着范尼的后背。

“是,”范尼终于说,“害怕如果我们两个不在一起,我们两个人会怎么样。蒂希一点戒备心都没有,哥们儿——她相信所有人。她在街上走,扭着她那小屁股,哥们儿,要是有哪个家伙朝她扑过来,她还会吃惊。她看不见我看见的东西。”又是一阵沉默,丹尼尔看着他,范尼说:“我知道我可能像个怪人。但是,我生命中有两件事,哥们儿——我有我的木头和石头,我有蒂希。如果我失去她们,我也就失去了我自己。我知道。你知道,”现在,他转过身来面对丹尼尔,“不管我内在有什么,不是我放在那里的。我也不能把它拿出来。”

丹尼尔挪到垫子上,靠着墙。“我不知道你这么怪。我知道你很幸运。这些我都没有。我能再要一罐啤酒吗,哥们儿?”

“行。”范尼说，又开了两罐啤酒。他递给丹尼尔一罐，丹尼尔喝了一大口，然后说：“我刚从牢里出来，宝贝儿。两年。”

范尼什么都没说——只是转过身来看着他。

丹尼尔也没说什么，又吞了一口啤酒。

“他们说——他们还说——说我偷车。哥们儿，我都不会开车，我想让我的律师证明这一点——但他其实是他们的律师，知道吧？他为市里工作，但他没能证明这一点。总之，他们抓我的时候，我不在车里。但我身上有一点大麻。我在门廊下。于是他们来把我带走了，就这么着，你知道，那会儿是半夜，他们把我关起来，第二天，他们把我放在辨认罪犯的队列里，有人说偷车的是我——我都没见过那辆车。于是——你知道——因为我身上有大麻，反正他们要挟我了，所以他们说，如果我认罪，他们可以给我轻判。如果我不认罪，他们要重重起诉所有的罪。唉！”他又抿了一口啤酒，“我孤身一人，兄弟，什么亲人也没有，于是我就认罪了。两年啊！”他倾身向前，直视着范尼，“不过，听起来还是比吸大麻被起诉要好得多。”他往后靠着，笑了，喝了一口啤酒，仰视着范尼，“其实不是。我让他们欺负了，因为我害怕、沉默，我现在后悔了。”他不吭声了。然后他又说："两年啊！"

"操蛋。"范尼说。

"是啊。"在他们之间出现的那一阵最长的沉默之后，丹尼尔说。

等我回来时，他们俩都坐在那里，有点嗨，我没说什么，我尽量静悄悄地在那个小小的厨房里忙碌。范尼进来了一会儿，从后面在我身上磨蹭了一下，拥抱了我，亲吻了我的脖子。然后，他回到丹尼尔那里去了。

"你出来多久了？"

"差不多三个月。"他离开垫子，走到窗前，"哥们儿，真难啊。特别难。现在就特别难。如果我真干了什么坏事被抓了，我感觉可能会不一样。但我什么都没干。他们只是要我，哥们儿，因为他们可以要我。两年还算是我走运，明白吧？因为他们想怎么着就能怎么着。想怎么着就怎么着。他们是恶狗，哥们儿。我是在监狱里才明白马尔科姆他们说的是对的。白人肯定是魔鬼。他肯定不是人。我看见了一些事，哥们儿，我到死都会做噩梦的。"

范尼把一只手放在丹尼尔的脖子上。丹尼尔颤抖起来。泪水滚下他的脸颊。

"我知道，"范尼轻声说，"但别让这事把你伤得太狠。

你现在出来了，这事就完结了，你还年轻。”

“哥们儿，我明白你的意思。我很感激你。但你不知道，兄弟——最糟糕的是，哥们儿，最糟糕的事情是——他们让你害怕极了。害怕，兄弟。害怕。”

范尼什么都没说，只是站在那里，手扶在丹尼尔的脖子上。

我在厨房里喊：“你们俩饿了吗？”

“是，”范尼也喊道，“我们饿昏了。快！”

丹尼尔擦干了眼泪，走到厨房门口，对我微笑。

“看见你真高兴，蒂希。你还是没长什么肉，对吧？”

“别提了。我穷，所以才瘦。”

“嗨，我真不明白你干吗不嫁一个有钱的老公。这回你永远也别指望胖起来了。”

“不过，丹尼尔，如果你瘦，你行动就快些，如果你在一个窄地方，你出来的机会也多一些。知道我什么意思吧？”

“听起来你都想通了。你从范尼那儿学的这一套吧？”

“我从范尼那儿学了一些东西。但我也有天生的机敏智慧——这一点让你印象深刻吧？”

“蒂希，好多事都让我印象深刻，我还没有时间对你有个公平的评价。”

“不光你一个人是这样。我其实也不能怪你。我太杰出了，有时候我得掐我自己才相信。”

丹尼尔笑了：“我得瞧瞧。哪儿？”

范尼嘟囔着：“她太杰出了，有时候我得打她的脑袋。”

“他还打你？”

“啊！我能怎么着？我一生都在绝望，但我不指望——”

我们突然之间都唱起来了：

当他将我拥抱入怀，
整个世界都充满光彩。
我说我要离开，
又有什么关系，
因为我知道，有朝一日，
我会跪着回来。
因为，不管我的男人是什么，
我都是他的，
直到永远！

然后，我们笑了。丹尼尔变严肃了，像在内省，突然看起来十分遥远。“可怜的比莉[①],”他说,“他们把她也揍得死去活来。”

“兄弟,”范尼说,“我们就得过一天算一天。你要是想得太多,你就完了,真的没法活了。”

“咱们吃吧,”我说,“来。”

我准备了范尼喜欢的东西:排骨,玉米面包和米饭,肉汁酱和青豆。范尼开了播放机,调到低音:马尔文·盖伊的《怎么回事》。

“蒂希可能长不胖,”过了一会儿,丹尼尔说,“你肯定会吃胖的。你们介意我时不时来看看吗——就这个时间?”

“随时来,”范尼高兴地说,冲我挤了挤眼,“蒂希不是特别漂亮,但她会倒腾锅碗瓢盆。”

“我总算能干点人事,我太高兴了。”我回他,他又对我挤了挤眼,开始啃排骨。

范尼啃着排骨,看着我。我们一声不响,一动不动地彼此笑着。我们笑的缘由很多。在一个没有人可以企及、触碰我们的地方,我们缠绕在一起。我们甚至很高兴,我

---

① 指比莉·荷利戴(Billie Holiday,1915—1957),美国爵士歌手和作曲家。文中三人唱的是被比莉·荷利戴改编成爵士乐版的流行歌曲《我的男人》。

们有足够的食物给丹尼尔吃，丹尼尔平和地吃着饭，不知道我们在笑，但意识到我们之间发生着一件美好的事情，这也意味着美好的事情确实会发生，这样，说不定什么美好的事情也会发生在他身上。总而言之，能够因帮助一个人而获得这样的感受，也是一桩美好的事情。

丹尼尔和我们一直待到半夜。他有点害怕离开，事实上，是害怕上街，范尼明白这个，一直把他送到地铁站。丹尼尔不能不管他的母亲，但又希望能够自由地面对自己的生活。与此同时，又恐惧这种生活会给他带来什么，恐惧自由。他在一个陷阱里挣扎。范尼比他小，但现在也在努力显得更成熟老练，帮助他的朋友获得拯救。难道上帝没有拯救丹尼尔？为什么不拯救所有的人？①

这首歌很老了，但这个问题还是没有答案。

那天晚上他们一起走的时候，那之后的很多晚上，丹尼尔向范尼讲述牢房里发生在他身上的故事。有时候他们在家里说，这样我也会听到一些；有时候，他和范尼两人单独在一起。有时候，丹尼尔讲着讲着就哭了——有时候，

---

① 这是美国黑人宗教圣歌《难道上帝没有拯救丹尼尔》中的歌词。

范尼拥抱他；有时候，我拥抱他。丹尼尔把这些事情说出来，或者把它们逼出来，或者把它们从自己心中挖出来，就好像它们是一块破裂、扭曲、冰冷的金属，挖出来时，还带着他的血肉——他把这一切挖出来，就像一个希望痊愈的病人：

“刚开始，你不知道你出了什么事。没法知道。他们来了，把我从门廊下带走，他们对我搜身。我后来仔细想了，我发现，我其实根本就不知道为什么。我总是待在门前，我和其他一帮人。他们总是从这儿路过，尽管我没有什么前科，他们知道别的家伙们肯定犯过事儿——你知道；他们知道。他们能看见这帮人用药时抠抠挠挠、摇头晃脑的样子。我觉得他们喜欢这个。我后来想起这事时，我对自己说，这帮狗娘养的真的喜欢这个样子。他们回到警察局总部汇报，一切平安无事，长官。他巡视的时候，我们护送着法国贩毒网，毒品在散发着，黑鬼们都漏网了。可是，那天晚上，我是独自一人，正要进屋，他们停下车，冲着我大喊大叫，把我推到过道里搜身。你知道他们怎么干。”

我不知道。但是范尼点点头，他的脸很平静，他的眼睛很暗淡。

“我刚刚搞到了一点大麻，正好就在我裤子屁股口袋里。于是他们把它搜了出来，兄弟，他们真喜欢拍你的屁股，一个警察把它递给另外一个，一个警察给我上了手铐，把我推进了车子。我不知道结局会是这个样子，我可能有点嗨，可能根本就没有时间去思考，但是，乖乖，那个人给我铐上手铐把我推下台阶推进车子然后车子开始行驶的时候，我真想高声喊我妈妈。接着我就开始害怕了，因为她自己都没办法照顾自己，她会开始为我担心，而且谁也不知道我在哪儿！他们把我带到警察分局，他们按毒品罪指控我，他们把我身上的所有东西都收走，之后我问，能不能让我打个电话。然后，我意识到除了我妈妈，我根本就没有什么人可以打电话，晚上这个时间，她又能给谁打电话？我只是希望她在睡觉，你知道吧，就是说，她觉得反正我会晚回家，等她早上醒来，发现我不在那儿时，说不定我已经想出了——什么办法。他们把我放在一个小牢房里，里面已经有四五个家伙了，他们都摇头晃脑、臭屁连天的，我坐在那里，尽量保持头脑清醒。我他妈怎么办？我没有什么人可以打电话求援——我真没有，除了我给他打工的那个犹太人。他这人不错，可是，兄弟，这事他肯定会不高兴。我琢磨的是，怎么找另外一个人给我妈妈打电话，这个人很冷静，能够帮助她保持冷静，这个人还能做点什么。但我想不起任何人。”

“到了早晨，他们把我们装进车里。他们在包厘街捎上了一位白人老头子——我估摸——他吐了一身，他看着地下，在唱着歌。他根本不会唱歌，他臭死了。啊，兄弟，我真高兴我没有嗑什么药，因为这会儿一个黑家伙开始呻吟，他双手抱着自己，开始浑身冒汗，就像搓衣板上的水直往下流。我比他大不了多少，我真希望能够帮帮他，但我知道我也做不了什么。我暗想，把他放在这辆车上的警察知道这家伙病了。我知道他们知道。他不应该在这里——他比一个孩子大不了多少。但那帮狗娘养的把他放在这辆车里，兄弟，他们这么干的时候兴奋得射在裤子里了。这个国家里，乖乖，要不是听见黑人呻吟，白人们的鸡巴都硬不起来。”

“我们到那儿了。我还是不知道给谁打电话。我想上厕所，我想死，但我知道这两件事我都做不了。我想，他们准备好了会让我去上厕所。与此同时，我只好尽量忍着，想死纯粹是犯傻，因为他们想什么时候杀我就可以随时杀我，说不定就是今天。我还来不及上厕所他们就可以把我杀了。然后我又想起我妈妈。我知道现在她该着急了。”

有时候范尼拥抱着他，有时候我拥抱着他。有时候，他站在窗前，背朝着我们。

“我不能告诉你更多的东西了——可能还有好多乌七八糟的东西，我永远不能告诉任何人。他们抓着了我带着大麻这件事，所以他们在偷车案上冤枉我——那是一辆我从来没有见过的车。我猜他们那天正好需要一个偷车贼。我真想知道那是谁的车。不过，我希望那车不是一个黑人的。”

然后，有时候，丹尼尔会笑笑；有时候，他会擦擦眼睛。我们会一起吃饭，一起喝酒。丹尼尔正在设法克服什么东西，一道无名的东西：他已经使出了吃奶的力气。有时候我拥抱着他，有时候范尼拥抱着他，我们是他唯一的朋友。

见过海伍德的第二天是星期二，我在下午六点的探访时间去见了范尼。我以前从来没有见过他这么生气。

“罗杰斯太太不见了，我们怎么办？她他妈到哪儿去了？”

“我不知道。不过我们会找到她。”

“你们怎么找她？”

“我们要派人到波多黎各去。我们觉得她是回那儿去了。”

“那她要是去了阿根廷呢？智利？或者中国？”

“范尼。求求你了。她怎么能跑那么远？”

“他们会给她钱，让她随便去哪儿！”

“谁？”

“地区法院，就是他们！”

“范尼——”

“你不信？你不觉得他们会这么干？”

“我觉得他们没这么干。”

“你们从哪儿弄来钱去找她？”

“我们都在想办法，我们所有人。”

“是啊。我爸爸在车衣间工作，你在商店工作，你爸爸在码头工作！”

“范尼。听着——”

“听什么？我们要那个他们的律师干吗？他压根儿就不在乎我，他谁都不在乎！你想让我死在这儿？你知道这儿是怎么回事吗？你知道我在这儿是什么下场吗？我，我，我，在这儿？”

“范尼。范尼。范尼。”

“对不起，宝贝儿。我说这些不是冲着你的。对不起。

我爱你，蒂希。对不起。小宝宝怎么样？”

“长着呢。我下个月就该显了。”

我们互相凝视着。

“把我弄出这个地方，宝贝儿。把我弄出这个地方。求你了。”

“我保证。我保证。我保证。”

“别哭了。对不起，我冲你嚷嚷了。我不是冲你嚷嚷，蒂希。”

“我知道。”

“千万别哭了。千万别哭了。对孩子不好。”

“好吧。”

“笑一个，蒂希。”

“这样行吗？”

“你还能笑得更好些。”

“这样好点儿了吗？”

“好。亲一个。”

我亲吻了玻璃墙。他也亲吻了玻璃墙。

“你还爱我吗？”

“我永远爱你，范尼。”

“我爱你。我想你。我想你的一切，我想念我们所有的一切，我们所做的一切，走路，说话，做爱——哦，宝贝儿，把我弄出去吧。”

“我会的。坚持住。”

“我会的。再见。”

“再见。”

他跟着看守走进无法想象的地狱。我站起来，全身颤抖着，再一次穿过撒哈拉大沙漠。

那天晚上我做梦了，做了一夜的梦。其中一个梦中，范尼开着一辆大卡车，一辆奇大无比的大卡车，开得很快，太快了，沿着高速公路开着，他在找我。但他没有看见我。我在卡车后面，喊着他的名字，但发动机的轰鸣淹没了我的声音。这条高速公路有两个弯道，它们看起来一模一样。高速公路在海滨的悬崖上。一条弯道通向我们家的车道；另一道通向悬崖的边缘，直接通向大海。他开得太快了，太快了！我拼尽全力喊着他的名字，他开始调转车头时，我又大喊一次，醒过来了。

灯开着，莎伦站在我床前。我无法形容她的脸。她带进来一条凉凉的湿毛巾，擦擦我的额头和脖子。她低下身，亲了亲我。

她立起身来，看着我的眼睛。

“我知道我现在帮不了你什么忙——上帝知道，要是能帮忙，我什么都愿意做。但我懂得苦难，要是这能有帮助的话。我知道困难总会结束。我不会对你撒谎，说结局总会不错。有时候，结局会很糟糕。你会受那么多苦，一直被逼到一个你再也不会受苦的地方，那更糟糕。”

她抓住我的双手，把它们紧紧地握在她的双手中间。“记住这一点。还有，要想做任何事情，你必须拿定主意去做。我知道很多我们心爱的人，我们很多男人，都死在监狱里，但他们不是全都死了。你记住这一点。还有，你不是一个人躺在那张床上，蒂希。你心脏下面是那个孩子，我们都指望着你，范尼在指望着你，把这个孩子安全顺利地带到世上来。这事只有你能做到。但你很坚强。依靠你的力量。”

我说：“是，是的，妈妈。”我知道我没有力量。但我得在什么地方找到力量。

“你现在好了吗？你能睡着吗？”

“能。”

“我不想说傻话。但是，记住，是爱情把你带到了这个境地。如果你一直相信爱情，现在就不要恐惧。”

然后，她又亲了亲我，关了灯，离开了我的房间。

我躺在那里，十分清醒，非常害怕。带我离开这儿。

我想起我认识的一些女人，我很少看她们一眼，她们让我害怕，她们懂得如何用自己的身体换取她们想要的东西。我现在开始认识到，我对这些女人的评判，其实和道德没有多大关系。（我现在也开始考虑道德这个词的意义。）我评判她们，其实是因为我意识到，她们想要的东西是那么微不足道。我想象不出，我会以这么低的价格把自己出卖了。

但是，以更高的价格？为了范尼？

我睡着了，睡了一会儿，然后我又醒了。我有生以来从来没有这么疲倦过。我全身都在疼。我看了看钟，知道一会儿就得起来去上班了，除非我请病假。但我不能请病假。

我穿好衣服进了厨房，和妈妈一起喝茶。约瑟夫和欧内斯汀早就走了。妈妈和我几乎完全是默默地喝着茶。我脑子里有什么东西在转啊转啊转，我说不出话来。

我沿着街道往前走。现在是八点多一点。我经常沿着凌晨的街道走；这些街道从来都不会空无一人。我走过街角那个黑人老瞎子。我从小就见他在那里。但我现在生平第一次想到他的生活。有四个孩子，都是瘾君子，站在街角闲谈。有些女人慌里慌张赶着去上班。我试着剖析她们的表情。有些女人终于能够休息一下了，她们走出大街，回到她们带家具的房间里。每条侧街上都堆满了高高的垃圾堆，沿着主大道，每条门廊前也高高地堆着垃圾。如果我想出卖肉体，最好别在这条街上试。这样挣钱花的时间和擦地板花的时间差不多，还要难受得多。我现在想的其实是，我知道孩子出生前我也干不了这事，但是，如果范尼到那时候还没出来，我可能就真得试试了。我可能得做好准备。但是，我头脑里还有什么别的东西在转啊转，我知道我现在还没有勇气去面对。

做好准备，怎么做？我沿着台阶走下去，推开旋转门，和别的乘客一起站在地铁站台上。列车来时，我和别人一起推推搡搡地进去，我靠着一根柱子，他们的呼吸和气味环绕着我。我额头上全是冷汗，开始沿着我的胳肢窝和后背流下来。我以前没有想过这个，我知道我得一直工作到最后一天。但我现在开始担心，等我身子沉重、孕吐严重起来以后，我还怎么去上班。如果我晕倒了，这些上地铁下地铁的人，只会把我和孩子踩死。我们都指望着你，范尼在指望着你，把这个孩子安全顺利地带到世上来。我紧紧地抓住白色立杆。我冰冷的身体在颤抖。

我看看地铁车厢。它看着像我在画作里看见的贩奴船。当然，贩奴船上没有报纸，那时还不需要报纸。但是，关于空间（或许也关于目的），规则还是完全一样的。一个胖男人，散发着辣酱和牙膏的味道，呼吸直冲着我的脸。他要呼吸，或者我的脸正好在那里，都不是他的错。他的身体也紧贴着我的身体，但这并不意味着他想强奸我，或者是在想我。他说不定想的只是怎么样再熬过一个工作日，而且可能还很沮丧。他当然没有看见我。

而且，当地铁车厢满登登的时候，一般总是很安静的，除非车厢里全是互相认识的人一起去野餐。好像每个人都屏住呼吸，迫不及待地等着出去。每次列车到站时，有些人把你推到一边，这样他们就可以出去，比如说，现在就是这样，那个散发着辣酱和牙膏味道的人正要出去，发出一声长叹，进来的人又马上压下了这一声长叹。现在，一个金发碧眼的女孩，拎着乐器箱，正在冲着我的脸呼出宿醉的味道。我到站了，下了地铁，爬上台阶，过了马路。我走进员工入口，打了钟点卡，把便衣放好，到了我的柜台。我上岗有点晚了，但我按时打卡了。

我匆匆赶到柜台的时候，楼层经理，一个年轻的白人青年，人还不错，开玩笑地冲我吼了一声。

到这个柜台来闻我的手背的不光是白人老太太。黑哥们很少到这个柜台来，即使他们来了，意图总是非常具体，而且更加慷慨。也可能，在一个黑哥们看来，我确实太像一个无助的小妹妹，他不想让我变成一个妓女。可能，有些黑哥们凑近来，就是想直视我的眼睛，就是想听听我的声音，看看是怎么回事。他们从来不闻我的手背——黑哥们总是伸出他的手，你往上喷一点儿香水，他把自己的手凑到自己鼻子前去闻。而且，他还从来不假装他来这儿是为了买香水。有时候，他真买点香水。大部分时候他不买。有时候，他把手从鼻子上放下，偷偷攥成一只拳头，然后，带着那个祈祷，那个姿势，他走开了。但是，一个白男人会把你的手拉到他鼻子底下，他会把你的手搁在那里。我一整天都观察着所有人，脑子里转着转着转着这件事情。欧内斯汀下班时来接我。她说罗杰斯太太找到了，在波多黎各的桑图尔塞。我们得有个人去那里。

"和海伍德一起？"

"不是。海伍德得在这里对付贝尔和地区法院。无论如何，你都会明白，因为很多很多原因，海伍德不能去。他会被指控为恐吓证人。”

“但他们才是在恐吓证人！”

“蒂希，”我们沿着第八大道朝哥伦布圆环走，“要证明这一点，我们得等到你的孩子都能投票了。”

“我们坐地铁还是巴士？”

“我们去哪儿坐会儿，等高峰期过了再说。你和我，在和爸爸妈妈谈之前，我们反正要好好谈谈。他们还不知道。我还没跟他们说。”

我意识到欧内斯汀有多么爱我，与此同时，我又想起来，她只比我大四岁。

维多利亚·罗杰斯夫人，婚前姓名维多利亚·玛利亚·圣菲利普·桑切斯，兹声明于三月五日晚十一点至十二点之间，在她家里的前厅，被一个男人犯罪袭击，现在她知道这个男人是阿朗佐·亨特，亨特以最极端和可恶的性形式侵犯了她，强迫她进行了最无法想象的变态性行为。

我从来没有见过她。我只知道，一个在美国出生的爱尔兰人加里·罗杰斯，六年前去了波多黎各，在那里碰上了年方十八岁的维多利亚。他娶了她，把她带到大陆来。

他的事业没有上升，反而下降了，他好像变得怀恨在心。总之，让她接连生了三个孩子以后，他离开了她。我对在花园街上和她同居的那个男人一无所知，我想她可能就是和他一起逃到波多黎各去了。孩子们可能还在大陆，和她的亲戚们在一起。她的“家”在花园街。她住在四层。如果强奸发生在她的“前厅”，那么，她是在底楼的楼梯底下被强奸的。也可能是在四层发生的，但可能性不大，四层有四家公寓。花园街，如果你对纽约比较熟悉，离银行街有很长一段距离。花园街离东河很近，而银行街则差不多在哈得孙河上。不太可能从花园街跑到银行街，尤其是有警察追你的时候。可是，贝尔发誓，他看见范尼“逃离犯罪现场”。这只有在贝尔不值班时才有可能，因为他的“防区”是西区，而不是东区。但是，贝尔可以在银行街的外面抓范尼。然后，被告就得证明，并且得花钱证明这一系列事件是非同寻常、不太可能的。

欧内斯汀和我坐在哥伦布圆环右侧一家酒吧最靠里面的卡座里。

欧内斯汀对付我和她管的所有孩子的办法，就是把沉重的东西扔在你头上，然后向后靠着，看你会怎么对付它。由此才能掂量她自己的位置：先要把网布好了。

现在，可能是因为在这一天那么长时间里，还有头天晚上，我一直生活在恐惧之中，生活在算计着要出卖我的肉体的念头中，我开始看到强奸的现实。

我问："你觉得她是真被强奸了吗？"

"蒂希。我不知道你那个忙忙碌碌、内向的脑袋里想的都是些什么，但这个问题什么用都没有。对于我们的处境来说，宝贝儿，她就是被强奸了。就这么简单。"她停下来，喝了一口饮料。她的声音听起来很平静，但她的额头看起来很紧张，理智，带着恐惧。"我想，事实上，她是被强奸了，她根本不知道是谁干的，如果他在大街上从她身边走过，她可能都认不出他来。听起来我像是疯了，但人的大脑就是这样运作的。如果他再次强奸她，她可能会认出他来。但那就不再是强奸了。你明白我的意思吧。"

"我明白你的意思。但她为什么说是范尼呢？"

"因为范尼被当作强奸犯带到她跟前，说他是，比重新经历一番要容易得多。这样一来，对她来说，一切就结束了，除了审判以外。到那时候，真的就一了百了了，对她来说。"

"对我们来说，也完了？"

"不会。"她非常平稳地看着我。说起来有些好笑，但我发现我真的佩服她的勇气。"对我们来说没完。"她非常小心地说，一直认真地观察着我，“对我们来说，有一个办法让它无法完结。但我们现在先别谈这个。听着。我们得特别严肃地考虑这件事情，想别的办法。就是为了这个，我才想在我们回家之前，单独和你喝一杯。”

“你想告诉我什么？”我突然害怕起来。

“听着。我觉得我们没法让她改变证词。你得明白：她没有撒谎。”

“你想跟我说什么？你他妈什么意思，她没撒谎？”

“你能听我说吗？求你了！她当然是在撒谎。我们知道她在撒谎。但是——她——没有撒谎。在她看来，范尼强奸了她，就这么回事，现在她就不用对付这件事情了。完事了。对她来说。如果她改变证词，她会发疯，或者变成另外一个女人。你知道人们经常发疯，很少变成别人。”

“那——我们怎么办？”

“我们必须反驳纽约州的起诉。我们要他们证明他们的起诉一点儿用也没有，对他们来说，指控就是证据，旁听席里的那帮疯子们就会完全这么相信，安安静静地接受一切。他们也撒谎——我们知道他们撒谎。但他们不知道。”

不知道什么原因，我想起，很久以前，有人跟我说了点什么——也可能是范尼：傻瓜从来不说他自己是傻瓜。

“我们没法反驳他们。丹尼尔在牢里。”

“是。不过，海伍德明天会去见他。”

“这没有任何意义。丹尼尔会改变他的证词，我敢跟你打赌。”

“可能会。也可能不会。但我有个别的主意。”

我们坐在那里，这个肮脏的酒吧，两姐妹，试图保持冷静。

“我们假设出现最坏的情况。罗杰斯太太不改变她的证词，假设丹尼尔改变他的证词，然后就剩下了贝尔警官，对不对？”

“对。那又怎么样？”

“嗯——我有一份他的档案。一份很长的档案。我能证明他两年前在布鲁克林谋杀了一个十二岁的黑人男孩。他就是因为这个被转到了曼哈顿。我认识这个被谋杀的男孩的母亲。我也认识贝尔的太太，她恨他。”

“她不能作证反对他。”

“她不用作证反对他。她只需要坐在法庭上，看着他——”

“我不明白这对我们有什么帮助——”

“我知道你不相信。你可能是对的。但是，假设最坏的情况出现——设想最坏的情况会出现，总是较好的态度——我们的策略就是动摇州里唯一证人的可信度。”

“欧内斯汀，”我说，“你在做梦。”

“我不觉得我是在做梦。我是在赌博。如果我能让这一白一黑两个女人坐在法庭上，如果海伍德把他该做的事情做对了，我们应该能够在交叉讯问的时候推翻这个案子。记住，蒂希，这个案子毕竟没那么严重。如果范尼是白人，压根儿就不会有这个案子。”

好吧。我明白她的意思。我知道她的想法。成功几率很低。但是，在我们的处境下，我们只能从长计议。我们没有别的选择，就此一招。我还认识到，如果我们觉得可行的话，我们几乎等于在这里坐着，很酷很冷静地讨论把贝尔干掉的方法。而且，干完以后，我们会耸耸肩，再干一杯：就这么着了。神不知鬼不觉。

“好吧。行。波多黎各怎么办？”

“我想和你谈谈，在和爸爸妈妈谈之前和你谈，其中一个原因就是这个。瞧瞧。你不能去。你得在这儿。第一，你不在这儿的话，范尼会慌张。我也不觉得我能去。我得随时给海伍德屁股底下放鞭炮，催他干活。显然，没有男人能去。爸爸不能去，天知道，弗兰克也不能去。就剩——妈妈了。”

“妈妈？”

“是。”

“她可不想去波多黎各。”

“对啊。她还讨厌飞机。但她想让你的小宝宝的父亲出狱。她当然不想去波多黎各，但她会去的。”

“你觉得她能做什么？”

“她能做特别调查员做不了的事情。她说不定能够说通罗杰斯夫人。也可能不行——但如果她能的话，我们就领先了。如果不行，那么，我们也没有损失什么，而且，至少我们知道我们尽力了。”

我看着她的额头。好吧。

“那丹尼尔呢？”

“我跟你说了。海伍德明天见他。说不定今天就能见到他。他晚上给我们打电话。”

我靠向靠背。“一团糟。”

“是啊。但我们陷在里面了。”

然后，我们都不说话了。我第一次意识到，酒吧里很吵闹。我看看周围。其实这个地方很可怕，我觉得，这儿的人只能以为欧内斯汀和我是两个筋疲力尽的妓女，或者是一对女同性恋者，或者两者都是。嗨。我们当然是陷在里面了，或者还会变得更糟糕。当然会变得更糟——而与此同时，比在一个嘈杂的地方聆听一声耳语更清楚、比蜘蛛网更轻而又确定无疑的东西，撞击了一下我的肋骨，震动和震惊了我的心。但是，那轻轻的敲打，那一下轻踢，那个信号，向我宣布，将会变得更糟糕的事情，也会变好。是啊。事情会变得更糟。但是，这个婴儿，第一次在它的羊水中令人难以置信地转身，宣布了它的存在，占有了我。那一刻，它告诉我，将会变得更糟糕的事情，也会变好。与此同时，直到永远——一切都取决于我。没有我，孩子不能到达这里。这一点，我其实前一阵子就已经知道，现在小东西也知道了，告诉我，事情当然会更糟糕，一旦它离开羊水，降生人间，可能变糟的事情也会变好了。它还会在羊水中待一段时间，但它在准备一场转变。我也必须这样做。

我说："没事。我不害怕。"

欧内斯汀笑了，说："那我们走吧。"

我们后来知道，约瑟夫和弗兰克也坐在一间酒吧里，这是他们俩之间发生的事情：

和弗兰克比，约瑟夫有些优势——只不过他是现在才开始意识到——他没有儿子。约瑟夫一直想要一个儿子，这个念想让欧内斯汀吃了些亏，比我吃的亏要多些。等我出生时，他已经接受现实了。如果他有儿子，他们可能早就死了，或者在蹲监狱。在莱诺克斯大道上的酒吧的火车座里面对面坐着的时候，他们两个都知道，约瑟夫的女儿们没有站街，已经是一个奇迹。关于发生在弗兰克家的女人身上的灾难，他们两个知道的比他们想知道的更多，比他们能说出口的也多。

弗兰克低着头，两只手紧紧抓着他的酒：他有一个儿子。约瑟夫喝着啤酒，看着弗兰克。这个儿子现在也是他的儿子，弗兰克也成了他的亲家兄弟。

他们都是成年男人，快五十岁了，他们都陷入了可怕的麻烦。

他们两个看着不像兄弟。约瑟夫比弗兰克肤色深得多，黑黑的、深陷的、单眼皮的眼睛，严肃、安静、高高的额头，上面有一条青筋向左面暴跳着。他的额头那么高，能让你联想起一座城堡。他的嘴唇总是有点扭曲着。只有那些了解他的人——只有那些爱他的人——才知道这条曲线什么时候意味着笑、爱，或者盛怒。关键在于额头上那道跳动的经脉。他的嘴唇变化很小，眼睛却总是在变：约瑟夫开心的时候，约瑟夫笑的时候，就会发生一件奇迹般的事情。我发誓，他看起来几乎也就十三岁，尽管他的头发已经开始变得灰白。有一次，我想，真高兴我没有在他还是个年轻人的时候遇见他，然后我又想，不过，你是他的女儿，然后我就陷入了令人瘫痪的沉默，感叹道：哇。

弗兰克轻一些，瘦一些。我觉得你不能说我爸爸英俊，但你可以说弗兰克英俊。我这么说，并不是要贬低他，因为那张脸已经付出了代价，而且还在付出可怕的代价。人们让你为你的长相——即你认为你长的样子——付出代价，而时间在人的脸上留下的痕迹，就是这个冲突留下的记录。弗兰克险胜。他的前额上有像手心纹一样的皱纹——不能用来算命；他灰白的头发很厚，朝着上面的美人尖卷曲着。他的嘴唇不像约瑟夫的那么厚，也不会那样跳动，总是紧紧地抿在一起，就像他希望它们能消失一样。他的颧骨很高，他大大的黑眼睛向上翘着，就像范尼一样——范尼的眼睛随他父亲。

约瑟夫当然没像他女儿那样想到这一点。但是，他静静地看着弗兰克，迫使弗兰克抬起了眼睛。

“我们怎么办?”弗兰克问。

“嗯，我们要做的第一件事，”约瑟夫坚定地说，“就是要停止互相责备，停止自责。如果我们做不到这一点，兄弟，我们永远不能把孩子救出来，因为我们自己就会搞得一团糟。我们现在不能乱，乖乖，我知道你明白我什么意思。”

“兄弟，”弗兰克带着他那淡淡的微笑问，“我们怎么凑钱?”

“你们有过钱吗?”约瑟夫问。

弗兰克抬头看着他，什么也没说——只是用眼睛询问着他。

约瑟夫又问：“你们有过钱吗?”

弗兰克终于说：“没有。”

“那么，你现在为钱着急干吗?”

弗兰克又抬头看他。

“你想办法养大了他们，对不对?你想办法给他们饭吃，对不对?如果我们现在开始为钱着急，兄弟，我们就该倒霉了，我们就该失去我们的孩子了。那个白人，乖乖，愿他的睾丸缩小，愿他的屁眼烂穿，他巴不得你为钱着急。这就是他的整个把戏。但是，等我们到了没钱的时候，我们还可以继续。我不为钱担心——他们本来就没有权利拥有这些钱，他们从我们这里把它偷走了——他们见人就撒谎，见人就偷。不过，我也能偷，还能抢劫。你知道我是怎么养活我的女儿的？喊。”

但弗兰克不是约瑟夫。他又低头往下看，看着他的酒。

“你觉得会怎么样？”

“我们让它怎么样，它就会怎么样。”约瑟夫说，还是那样坚决。

“说起来容易。”弗兰克说。

“你要是当真，就可以。”约瑟夫说。

一段长时间的沉默，两个男人都没说什么。连点唱机都不唱了。

“我想，”弗兰克终于说，“我爱范尼，范尼是我这个世界上最爱的人。我想想就觉得惭愧，兄弟，我发誓，因为他是一个有真正男孩子气的小男孩，大概除了他的妈妈，什么都不怕。他不懂得他妈妈。”弗兰克顿了一下，“我不知道我该做些什么。我不是一个女人。有些事情，只有女人才能给孩子做。我以为她爱他——就像，我想，就像她从前爱我那样。”弗兰克喝了他的酒，他努力想笑一笑，“我不知道我对他有没有尽到过父亲——一个真正父亲的责任，现在，他在坐牢，不是他的错，我却不知道我怎么样才能把他救出来。我真他妈不是个男人。”

“不过，”约瑟夫说，“他当然觉得你是个男人。他爱你，他尊敬你——好吧，你得记住，这一点我可比你知道得更清楚。还有件事要告诉你。你宝贝儿子是我宝贝女儿的宝宝的父亲。现在，你怎么能就坐在那儿，好像完全束手无策一样？我们有个孩子要出生了，兄弟。你想让我把你痛扁一顿？”他恶狠狠地说出这句话，不过，过了一会儿，他笑了。“我知道，”他很谨慎地说，“我知道一些门路，你知道，一些门路，这是我们的孩子，我们得让他们自由。”约瑟夫喝光了他的啤酒。“好吧，把酒干了，兄弟，然后接着干。我们有一大堆麻烦要处理，十万火急。”

弗兰克喝光了他的酒，正了正他的肩膀。“你说得对，老伙计。我们行动吧。”

奇怪的是，范尼出庭的日子不断改变。这个事实，迫使我相信海伍德的担忧是真诚的。一开始，我觉得他并不是特别在意。他以前从来没有接过范尼这样的案子，是欧内斯汀强迫他接了这个案子。但是，一旦接了这个案子，案子中的臭气越来越浓，他没有别的选择，只能接着搅和它。比如说，有一件事马上变得非常明显，就是他对他的客户的关心程度——或者说，他真心关注他的客户这个事实——就是他和管理政府钥匙和图章的官僚们发生了针锋相对的直接冲突。他没有预料到这一点，刚开始有点纳闷，后来有点害怕，最后十分愤怒。他很快明白，他身处胡萝卜和棍棒之间：他不能避开棍棒，但是，他得让人明白，如果他去抓胡萝卜，是会遭天谴的。结果，这就鼓励了他，甚至为他贴上了标签，而且，因为这增加了范尼的危险，同时也增加了他的责任。我对他的不信任，欧内斯汀对着他长篇大论，妈妈说话斩钉截铁，都不利于他，而且，对约瑟夫来说，他不过是又一个有大学文凭的白人小青年。

尽管刚开始我很自然地不相信他，我并不是所谓不相信人的人，但是不管怎么说，随着时间的推移，我们每个人都试着把我们自己的恐惧藏起来，我们开始更多地互相依赖——我们别无选择。而且，我还开始认识到，随着时间的推移，对海伍德来说，这场战役越来越变成了个人的战斗，既与感激无关，也与公共荣誉无关。这是一个污秽而又平凡的案件，一个黑人青年强奸一个无知的波多黎各女人——有什么令人兴奋之处呢？于是，他的同事都蔑视他，躲避着他。这个事实又带来了别的危险，其中一个就是退缩进自我怜悯和堂吉诃德般的空想中。但范尼是个真实的存在，海伍德是个骄傲的人，不会变成那样。

可是，日程都排满了——要审判美国监狱里的所有人，可能要一千年左右的时间，但美国人很乐观，仍然希望得到更多的时间——而有同情心或者仅仅有点智商的法官，就像热带的暴风雪一样罕见。地区检察官的办公室内有大得离谱的权力和残暴的敌意。所以，海伍德行事十分谨慎，想方设法，要把范尼带到一个能够真正倾听这个案件的法官面前。为了达到这个目的，海伍德需要魅力、耐心、钱，以及一个回火钢的脊梁。

他设法见到了丹尼尔，丹尼尔被打过。他不能安排释放丹尼尔，因为丹尼尔是因毒品被捕的。不是丹尼尔的律师，他就无法去看望丹尼尔。他告诉丹尼尔这一点，但丹尼尔躲躲闪闪、担惊受怕。海伍德怀疑丹尼尔也被下了药，他不知道自己敢不敢让丹尼尔上证人席。

所以，这就是我们的处境。妈妈开始帮我把衣服改大，我上班时穿着夹克和便裤。但很显然，不多久，我就不能坚持上班了。一有机会，我就去探望范尼。约瑟夫在加班，上班时间加了一倍，弗兰克也是。欧内斯汀减少了和她管的孩子在一起的时间，因为她找了一份工作，给一个非常富有、古怪的年轻女演员当兼职私人秘书，她希望认识并利用这个女演员的关系。约瑟夫在冷静地、系统地从码头上偷东西，弗兰克从车衣间偷东西，然后他们在哈莱姆或布鲁克林出售赃物。他们没告诉我们这些，但我们知道。他们不告诉我们，因为，万一出事，我们不会被指控为同案犯。我们不能打破他们的沉默，我们也不能试图打破。为了把他们的子孙从这个民主地狱的大嘴中拯救出来，这两个男人都会欣然进监狱，大开杀戒，或者是炸翻一座城市。

现在，莎伦必须开始准备她的波多黎各之行，海伍德告诉她："她实际上不在桑图尔塞，而是在外围，以前还可以管它叫郊区，但现在比我们所谓的贫民窟还要糟糕。在波多黎各，我想人们管贫民窟叫贫民区。我只到波多黎各去过一次，我没法描述贫民窟是什么样子。我敢肯定，等你回来了，你也不会想去描述它。"

海伍德看着她，既疏远又热切，递给她一张打着字的纸。"这是地址。不过我想你会明白，等你一到你要去的那个地方，'地址'几乎毫无意义——更准确地说，这就是那个区。"

莎伦戴着她的米色软贝雷帽，看着这张纸。

"没有电话，"海伍德说，"而且你根本也用不着电话。

你还不如往天上放烟花。但找到这个地方不难。鼻子闻着就是了。”

他们互相看着对方。

“现在,”海伍德带着他那令人难受的微笑说,“为了让你办事容易一点,我必须告诉你,我们并不清楚她现在用的是什么名字。她婚前姓桑切斯——但这个名字太常见,就像找一个琼斯夫人或史密斯夫人。她婚后的名字是罗杰斯夫人,但我肯定,这个名字只是在她的护照上才用。她那个未正式结婚而同居的丈夫,”他停了一下,低头看着另外一张纸,然后看着莎伦,然后又看看我,“叫彼得罗·托马斯诺·阿尔瓦雷斯。”

他把这张纸递给莎伦,莎伦也认真地看着它。

“还有,”海伍德说,“带着这个。希望能有用。她还是这个样子,这是上个星期拍的。”

他递给莎伦一张照片,比护照照片略大一点。

我从来没有见过她。我站在那里,从莎伦肩头瞄过去。她是金色头发——不过,波多黎各人会是金发碧眼吗?她带着一种便秘似的微笑看着镜头。她的眼神里有生机。她的眼睛和眉毛都是黑色的,黑黑的肩膀裸露着。

“这是一家夜店吧?”莎伦问。“对。”海伍德答道。她看着他，他看着她。

“她在那儿上班？”莎伦问。

“不是，”海伍德说，“但彼得罗在那儿上班。”

我越过我妈妈的肩头继续研究着我最大的死敌的脸。

妈妈翻过照片，把它放在腿上。

“这个彼得罗多大岁数？”

“大约——二十二岁。”海伍德说。

就像那首歌里唱的一样：上帝升起！在风暴之中！他折磨着每个人的内心！办公室沉默了下来。妈妈倾身向前，认真地思索着。

“二十二岁。”她慢慢地说。

“是，”海伍德说，“我担心，这个细节会给我们带来一场完全不同的挑战。”

“你具体想让我做什么？”莎伦问。

“帮助我。”海伍德说。

“好吧。”过了一会儿，莎伦说。她打开背包，打开钱包，把纸片小心地放在钱包里，关上钱包，把钱包放进背包里层，关上背包。“那我明天就走。我走之前会打个电话，或者让别人打个电话。这样你就知道我在哪儿。”

她站起来，海伍德也站起来，我们走到门口。

“你身上有范尼的照片吗？”海伍德问。

“我有。”我说。

我打开包，找到了我的钱包。实际上，我有两张照片，一张是范尼和我靠着银行街房子的栏杆拍的。他的衬衣一直张开到肚脐，他一只胳膊抱着我，我们两个都在笑着。另一张是范尼一个人拍的，在房子里坐在播放机附近，严肃安详，这是他的照片里我最喜欢的一张。

妈妈拿过照片，递给海伍德，海伍德端详着照片。然后，她把照片从海伍德手里拿回来。

“你就这两张？”她问我。

“是。”我说。

她把范尼一个人那张照片还给我，她把范尼和我合照的那张照片放进钱包，然后又把钱包放进背包最里面。“这张照片应该管用，”她说，“毕竟，这是我的女儿，她没有被强奸。”她和海伍德握手，“祈求好运吧，小伙子，希望老太婆能带回好消息。”

她转向门口。但是海伍德再次叮嘱她。

“你要去波多黎各了，这件事，让我这几个星期第一次感觉不错。但是，我还得告诉你，地区检察官的办公室一直和亨特家——也就是说，亨特太太和姐姐们——保持着联系，她们的立场是，范尼一直就是不可救药，毫无用处。”

海伍德停顿下来，稳稳地看着我们俩。

“现在，如果州里能够让这三个令人尊敬的黑人妇女提供证词，或者当庭作证，说她们的儿子或弟弟一直就是一个危险的反社会的人物，这对我们是一个沉重的打击。”

他又停顿了一下，转向窗外。

“事实上，伽利略·桑蒂尼不是个傻瓜，如果他不喊她们做人格证人可能要有效得多，这样，就算她们不能被交叉讯问，他也只需要对陪审团转达这个信息就行：这几位值得尊敬的上教堂的女士都因为羞耻和悲哀而感到自卑。父亲可以忽略不计：他是个酗酒、无用的人，对他儿子是个坏榜样，尤其是他还公开威胁要崩掉桑蒂尼的脑袋。”

他从窗户那里转回身，非常仔细地看着我们。

“我想，我可能会指望你和里弗斯先生来做人格证人。但你知道我们面对的是什么。”

莎伦说：“知道还是比不知道要好一些。”

海伍德轻轻地拍拍莎伦的肩膀。“那么，带回好消息吧。”

我暗想：让我来对付那两个姐姐，还有那个老妈。但我只是说：“谢谢，海伍德。再见。”

莎伦说："好吧，明白。再见。"我们沿着楼道走向电梯。

我记得受孕的那天晚上，因为那天晚上，我们终于找到了我们的阁楼。这个名叫利维的人，他真要把阁楼租给我们了，他一点儿也不含糊。他是来自布朗克斯的一个橄榄色皮肤、鬈头发、面相和善的人，大概三十三岁，有一双大大的、放电的黑色眼睛，他喜欢我们。他喜欢互相相爱的人。这间阁楼在坚尼街附近，很宽敞，状况都不错。朝街的一面有两扇大窗户，背面两扇窗户朝着屋顶，还有栏杆。有一个房间可供范尼工作，如果把所有的窗户都打开，夏天你还不会热死。我们很喜欢房顶，因为你可以在上面吃晚饭，或者请人喝酒，或者如果你乐意的话，晚上就互相搂着坐在那里。"操，"利维说，"拉条毯子，往那儿一躺。"他看着范尼笑了。"在上面造人。我就是这么来的。"我记得最清楚的，就是他没有让我们俩觉得不自在。我们一起说说笑笑。"你们俩应该生几个漂亮娃娃，"他说，"听我的，孩子们，这个世界太需要他们了。"

他只要我们付一个月的定金，一个星期以后，我把钱送到他那里。范尼出事后，他做了一件很奇怪的事情，我觉得这件事情非常美好。他给我打电话，告诉我，什么时候我需要这笔钱，都可以把它拿回来。但是，他说，除了我们，他不会把这间阁楼租给任何别人。“我不能，”他说，“这帮混蛋。在你男人出狱之前，这间阁楼就这样空着，我这不是说空话吹《迪克西》[1]，蜜糖。”他把他的电话号码给我，说如果他能帮什么忙，让我给他打电话。“我想让你们俩生小娃娃。我这人就在乎这个。”

利维给我们讲解和演示了那些相当复杂的门锁和钥匙系统。我们的阁楼在顶层，要上三四层楼。楼梯很陡。我们阁楼有一套钥匙、两道锁。然后，楼梯顶上有一道门，把我们和楼里的其他公寓隔开。

“兄弟，”范尼问，“要是失火了我们怎么办？”

“噢，”利维说，“我忘了，”他又把门打开，我们回到了阁楼里。他把我们带到屋顶，领到边缘上的栏杆那里。屋顶最右边，栏杆有个开口，一直延伸成一条狭窄的走道。栏杆连着金属楼梯，楼梯往下通向院子。这个院子四面都是墙，一旦进了这个院子，你会纳闷你在这儿究竟能干什么——它看着就像个陷阱。不过，如果大楼着火的话，你不用直接从上面跳下来。一旦落地，你就得希望，可别被

① 《迪克西》，美国南北战争时期南方邦联的非正式国歌。

埋在燃烧倒塌的墙壁之中了。

“好吧，”范尼说着小心地拉着我的胳膊，把我带到屋顶，“我明白。”我们又重新锁好了所有的门，下楼到了街上。“别担心邻居，”利维说，“因为，五六点钟以后，你没有什么邻居。你和街道之间只有一些小小的、快要垮掉的血汗工厂。”

我们走到街上，他教我们怎么锁临街的大门，怎么开门。

“会了吗?”他问范尼。

“会了。”范尼说。

“来吧，我给你们买个奶昔。”

我们三个在街角吃了奶昔，利维和我们握手告别，说他要回家看妻子和孩子——两个男孩，一个两岁，一个三岁半。但离开之前，他说：“瞧瞧。我告诉你们别担心邻居。但要小心警察，他们会谋杀。”

人生中有一件最可怕、最神秘的事情，那就是，人们总是在事后才能听见那个警告——太晚了。

利维离开了，范尼和我手拉着手，沿着宽敞、明亮、拥挤的大街，朝着格林尼治村，朝着我们的住处走去。我们一路说说笑笑着。我们穿过了休斯敦街，开始沿着第六大道走：美洲大道！街上飘着他妈的旗帜，我们以前没有看见。我想在布里克大街的一个小商店停一下，买点西红柿。我们穿过美洲大道，沿着布里克街往西走。范尼一只手搂着我的腰。我们在一家蔬菜摊前停下。我开始看。

范尼讨厌买东西。他说："等一会儿，我去买包烟。"他沿着街道走去，就在街角上。

我开始挑西红柿，我记得我在哼着歌。我开始找秤，找个男店员或女店员帮我称西红柿，告诉我该交多少钱。

范尼说我不是特别聪明，这一点是对的。刚开始我觉得屁股上有一只手时，我以为是范尼。然后，我意识到，范尼从来不会在公共场合那样摸我。

我转过身去，手里抓着六只西红柿，发现我面对着一个小小的、年轻的、油乎乎的意大利废物。

"我喜欢喜欢西红柿的漂亮女人。"他舔舔嘴唇，笑着说。

两件事同时发生在我身上——三件事。这是一条非常拥挤的街道。我知道范尼随时都会回来。我想把西红柿扔在这个小子的脸上。但是，现在还没有人注意到这件事，我不想让范尼打架。我看见一个白人警察沿着街道慢慢地走过来。

我意识到我是黑人，这条拥挤的街是白人的街道，于是我转过身来，走进商店，手里还抓着我的西红柿。我找到了一只秤，我把西红柿放在上面，四处寻找一个能帮我称西红柿的人，这样我就可以在范尼从街角回来之前把钱交了，然后离开这个商店。警察现在到街对面去了，那个男孩跟着我进了商店。

"嗨，甜妞。你知道我喜欢西红柿。"

现在人们在看我们了。我不知道怎么办好——首要的事情就是在范尼回来之前离开这个地方。我想走开，但那个男孩挡住了我的去路。我四处张望，希望哪个人能够帮帮我——人们都在瞪着我们，但谁也没理会。绝望之中，我决定叫警察。但是，我一动弹，那个男孩就抓住了我的胳膊。他可能只不过是一个垮掉的瘾君子——但是，他抓住我的胳膊时，我扇了他一个耳光，冲他啐了一口唾沫。正在这个时候，范尼进了商店。

范尼抓住那个男孩的头发，把他打倒在地，又把他揪起来，踢了他的裆下，把他拖到马路边上，又把他打倒在地。我尖叫着，拼尽全身力气拉住范尼，因为我看见了那个警察，他本来是在远处那个街角，现在正在小跑着过马路。那个白人男孩躺在下水道上，流着血，呕吐着。我觉得那个警察肯定是想把范尼毙了。但是，如果我把我的身体挡在范尼和这个警察之间，他就不能杀范尼。于是，用尽我全身的力气，以我所有的爱、我的祈祷，加上知道范尼无论如何不会把我打翻在地，我把我的头往后靠在范尼的胸脯上，两手抓住他的两只手腕，然后抬头看着警察的脸。我说："那个人——那儿——袭击了我。就在这家商店里。刚才，大家都看见了。"

谁也没说话。

警察看着他们所有人。然后，他又回过头来看我。然后，他看着范尼。我看不见范尼的脸。但我能够看见警察的脸。我知道，我千万不能动弹，如果我能够控制的话，也不能让范尼动弹。

"那么，"警察意味深长地问范尼，"这事发生的时候你在哪儿？"他用跟那个男孩一模一样的眼神从我身上闪过。"当那儿那个小子，"他的眼睛再次从我身上扫过，"和你的女朋友在一起的时候？"

"他就在街角，"我说，"买香烟。"我不想让范尼说话。

我希望他事后会原谅我。

"是这样吗，小子？"

我说："他不是个小子，警官。"

现在，他看着我，第一次认真地看着我，然后，也是第一次认真地看着范尼。

与此同时，其他人已经把那小子扶了起来。

“你住在附近吗？”警察问范尼。

我的后脑勺还靠着范尼的胸脯，但他已经把手腕从我手中抽出来了。

“是，”范尼说，“在银行街。”他把地址给了警察。

我知道，范尼马上就要把我推开了。

“我们得把你带走，小子，”警察说，“因为企图伤害罪与殴击罪。”

如果那个开店的意大利女士没有说话，我真不知道会发生什么事情。“哦，不对，”她说，“我认识这两个年轻人。他们经常来这儿买东西。这个年轻女士告诉你的是实情。他们俩刚才来的时候我看见他们俩了，她在挑西红柿，她男朋友离开她，他说他马上回来。我正在忙，不能马上帮她，她的西红柿还在秤台上。那儿那个狗屁不值的小废物，他确实袭击她了。他挨打都是活该。要是有人袭击你的妻子，你该怎么办？如果你有妻子的话。”人群暗笑了，警察脸红了。“事情的经过，我看得清清楚楚的。我是一个证人。我发誓我说的都是真的。”

她和警察互相盯着对方。

“你就这么做生意。”他说，舔了舔下嘴唇。

“你别告诉我怎么做生意，”她说，“你没来这条街时，我就在这条街上，等你走了，我还会在这里。”她指着那个现在坐在马路牙子上的男孩，他周围有几个他的朋友：“把那个惨兮兮的小子给带走，带到贝尔维尤监狱，或者雷克岛监狱，或者干脆把他扔进河里，他在这世上对谁都没什么用处。别想吓唬我，混蛋！”

我第一次注意到，贝尔的眼睛是蓝色的，我能看见的他的头发是红色的。

他再看看我，然后又再看了一眼范尼。

他又舔了舔嘴唇。

那位意大利女士进了商店，把我的西红柿从秤上拿下来，放进一只口袋。

“好吧，”贝尔瞪着范尼说，“再见。”

“可能再见，”范尼说，“也可能见不着。”

“见不着，”意大利女士说着，又回到街上来，“如果他们或者我先看见你的话。”她把我转过身来，把那袋西红柿放在我手中。她站在我和贝尔之间，看着我的眼睛。“你有个好男人。”她说，“把他带回家。离开这个有病的猪猡。”

我看着她。她摸摸我的脸。“我在美国很长时间了，”她说，“我希望我不要死在这里。”

她回到她的商店。范尼从我手里拿过西红柿，把袋子挎在一只臂弯上。他另一只手挎着我的臂弯，他的手指绕着我的手指。我们朝着我们的住处慢慢走去。

“蒂希。”范尼说，非常轻声，带着一种可怕的安静。

我几乎知道他要说什么。

“嗯？”

“别再想着保护我了。别这样。”

我知道我说的话不对：“但你想保护我。”

“不是一码事，”他说，带着那种可怕的安静，“这不是一码事，蒂希。”

他突然夺过那袋西红柿，把它摔在最近的一堵墙上。感谢上帝，墙上没有东西，感谢上帝，现在天色开始暗下来了。感谢上帝，西红柿会摔得四处飞溅，但不会出声。

我知道他的意思。我知道他是对的。我知道我不应该说什么。感谢上帝，他没有放开我的手。我看着人行道，我什么也看不见。我希望他听不见我在流泪。

但他听见了。

他停下来，把我转向他，他亲吻着我。他退回身，看着我，又亲吻着我。

“别以为我不知道你爱我。你觉得我们能够坚持下去吗？”

然后，我平静下来了。他脸上有眼泪。是他的眼泪，还是我的眼泪，我不知道。我亲吻着他，我们的眼泪落了下来。我开始说什么。他把手指放在我的嘴唇上。他浅浅地笑着。

“嘘。什么也别说。我带你出去吃饭。去我们的西班牙餐馆，记得吗？不过，这回我们得赊账。”

他笑了，我也笑了，我们继续往前走。

“我们没钱了，”进餐馆时，范尼对小佩德罗说，“但我们饿极了。我过两天就有钱了。”

“过两天，”小佩德罗说，“谁都这么说！还有呢，”他把手放在额头上，做了个难以置信的手势，“我猜你们还得坐下来享用晚餐吧？”

“噢，那是，”范尼笑着说，“如果你能安排，那敢情好。”

“坐在桌子边吧，肯定？”他看着范尼，就像完全不敢相信自己的眼睛。

“嗯——我想——对——要一张桌子——”

"啊!"接着他的态度变了,"晚上好,小姐!"小佩德罗对我笑着。"我是为她才这么干的,你知道吧?"他告诉范尼,"显然,你没有把她养好。"他把我们带到一张桌子前,让我们坐下。"现在,毫无疑问,"他嚷嚷道,"你们要两杯玛格丽特鸡尾酒?"

"又对了。"范尼说,他和小佩德罗笑了,小佩德罗走开了。

范尼抓起我的手。

"你好。"他说。

我说:"你好。"

"别为我刚才跟你说的难过。你是个坚强的小姑娘,我知道,如果不是你,我的脑浆早就洒在那个区警局的地下室里了。"

他停下来,点着了一支烟。我看着他。

"所以,我不是说你做错了什么事情。我想,你是做了你唯一能做的事情。但你得明白我是什么意思。"

他又捧起我的双手。

"我们住在一个充满猪猡和谋杀犯的国家。每次你离开我的视线,我都觉得害怕。刚刚发生的事情可能是我的错,我本来就不该让你一个人待在那个菜摊子前——但我就是太高兴了，你知道吧，因为那个阁楼——我没想到——”

“范尼，那个菜摊子我去过一百次了，这样的事从来没有发生过。我得关照你——关照我们。你不能到处都跟着我。这怎么是你的错？这不过是一个垮掉了的瘾君子——”

“某个垮掉了的美国白人。”范尼说。

“嗯。仍然不是你的错。”

他对我笑了。

“他们在耍我们，宝贝儿。一切都不容易，但我要让你记住，他们会给我找麻烦，然后让我们失去对方——或者，他们会让你来保护我，这样让我们失去对方。明白我的意思了吧？”

“明白，”我终于说，“我明白你的意思。我知道这是真的。”

小佩德罗回来了，带来了我们的玛格丽特。

“我们今晚有特餐，”他宣布，“非常非常西班牙风味，我们要让所有认为佛朗哥是个伟人的顾客来品尝。”他探询地看着范尼。“我猜你可能并不完全合格——所以，对你，我会拿掉砒霜。没有砒霜，它就没那么劲道，但它实际上很不错，我想你会喜欢的。你相信我不会给你下毒吧？不管怎么说，在你付你那张价值连城的账单之前，我要是给你下毒可就太傻了。我们马上就该破产了。”他转向我。“你能相信我吗，小姐？我保证我们会用爱来配这杯酒。”

“哎，小心，彼得。”范尼说。

“噢，你的脑子就像下水道一样肮脏，你真不配有这么漂亮的姑娘。“他又走开了。

“那个警察，”范尼说，“那个警察。”

“那个警察怎么了？”我也不知道为什么，我突然变得像石头一样安静、干燥，带着恐惧。

“他会想办法报复我，”范尼说，“白男人最不喜欢的就是，一个白女人告诉他们，你是个牛皮大王，这个黑家伙是对的，你见鬼去吧。”他笑了，“这就是她告诉他的。当着那么多人的面。他什么也做不了。这事儿他不会忘了的。”

“不过，”我说，“我们马上就要搬到下城去了，搬到我们的阁楼里去了。”

“对，”他说，又笑了。小佩德罗来了，带着我们的特餐。

两个人相爱的时候，当他们真的爱对方的时候，他们之间发生的任何事情，都带着圣礼的气氛。他们之间有可能看起来离对方非常遥远，我不知道还有比这更大的折磨、更空旷的空虚——你的爱人离去了！但是，今天晚上，我们的誓言受到了这样神秘的威胁，我们两个，尽管是从不同的角度面对着这个事实，但却前所未有地与对方深深亲近。互相关照吧，约瑟夫说过。你们会发现，这可不仅仅是说说而已。

吃完晚饭、喝完咖啡以后，小佩德罗敬了我们白兰地，然后离开我们，这时餐馆差不多都空了。范尼和我坐在那里，喝着我们的白兰地，时不时交谈几句，握着手——深爱着对方。我们喝完了白兰地。范尼说："咱们走？"

"好吧。"我说。我想和他单独在一起，在他的怀抱里。

他签了账单，那是他在那里签的最后一张账单。他们从来没有让我付账——他们说，账单找不着了。

我们道了晚安，我们手挽着手，走着回家。

我们房子对面停着一辆巡逻车，范尼打开大门、开了房门的锁以后，巡逻车开走了。范尼笑了，但他没说什么。我也没说什么。

孩子就是那天晚上怀上的。我知道。从范尼抚摸我、拥抱我、进入我的样子，我知道。我从来不曾这样绽开过。他往外拔的时候，我不让他拔出来，我拼命地紧紧抱住他，喊叫着，呻吟着，和他一起颤抖，感觉到生命，生命，他的生命，充盈着我，把自己托付给我。

然后，我们静静地一动不动。我们没有动，因为我们无法动。我们把对方拥抱得那么紧，就像我们是一个身体。范尼抚爱着我，轻唤着我的名字，然后睡着了。我非常自豪。我穿过了我的河流。现在，我们融为一体。

莎伦乘夜班飞机到了波多黎各。她知道自己到底有多少钱，这也意味着，她知道她必须和时间赛跑——而时间则是无情地与她作对。

她和其他几百个人一起下了飞机，穿过了蓝黑色天空下的飞机场。星星低垂着的样子，微风轻抚着她的皮肤的感觉，让她想起她这么多年不曾见过的伯明翰。

她随身只带了一只小小的过夜行李包，所以她不需要排队等行李。海伍德在圣胡安的一家小旅馆里给她订了房间，他把地址写在了一张小纸片上。

他警告过她，可能不太容易找到出租车。

但是，当然了，他还是没能让她有足够的准备，面对圣胡安机场那令人惊奇的混乱。于是，莎伦静静地站了一会儿，整理了一下思绪。

她穿着绿色的夏装，我的母亲，戴着一顶绿色的宽檐布帽。她把手袋挎在肩头，手里拎着过夜的行李包。她观察着周围的环境。

她的第一印象是，所有的人都和别人是亲戚。这不是因为他们的长相，也不是因为语言，只是因为他们互相打交道的样子。这里有各种肤色，但是，至少在飞机场，这个因素好像不怎么重要。说话的人都是在高声喊叫——要想让人听见，不喊不行。很难猜出谁是离开，谁是刚刚到达。一家一家的人，好像在那里临时居住了几个星期，他们在人间的所有财产都堆在他们身边——莎伦注意到，其实这些财产堆起来也没有多高。对孩子们来说，飞机场只不过是一个更有挑战性的游乐场。

莎伦的问题又真实，又深刻。她不能绝望，于是，她现在必须依靠她能在错觉中确立的东西，而错觉的关键是同谋。世界看见它想看见的东西，或者，当一切尘埃落定时，你告诉它看见的东西。它不想知道你究竟是谁，是什么，或者你为什么会这样。只有莎伦知道她是我的母亲，只有她知道她为什么在圣胡安，没有人来接她。在人们猜测过多之前，她必须让人们明白，她是一个访客，来自上头——北美。她不会说西班牙语，这不是她的错。

莎伦来到赫兹租车门店，站在那里，有点刻意地朝着柜台后一位年轻女士笑着。

“你会说英语吗？”她问那位年轻女士。

那位年轻女士，很想证明自己会说英语，抬起头来，决心要帮忙。

莎伦把旅馆的地址递给她。年轻女士看着纸条，然后又看着莎伦。她的表情让莎伦意识到，海伍德想得很仔细，他把她安排在了一个很受尊敬的旅馆。

“对不起，麻烦你，”莎伦说，“但我不会说西班牙语，我意外地来到这里。”她停顿了一下，没有解释什么。“我不会开车。我想租一辆车，带司机的，或者，如果不行的话，你能不能告诉我怎么叫出租车？”莎伦打了个无望的手势，“你明白吗？”

她笑了，年轻女士也笑了。她再次看着那张纸，眯着眼，打量着机场四周。

“等一下，太太。”她说。

她没挂电话，把听筒放下，打开一扇小门，把它从身后关上，消失了。

她很快又回来，带着一个大约十八岁的男孩。“这是你的出租车司机，”她说，“他会把你带到你要去的地方。”她大声读出地址，把那张纸还给莎伦。她笑着。“我希望你能享受你的旅程，太太。如果你需要什么东西，能让我为您效劳吗？”她把自己的名片递给莎伦，“如果你需要任何东西，请随时给我打电话。”

“谢谢，”莎伦说，“非常感谢。你太好了。”

“没关系。海梅，”她很有权威地说，“拿上这位女士的包。”

海梅拿起包，莎伦道了晚安，跟着海梅走了。

莎伦想，一件事办成了！然后就开始害怕。

但是她必须很快就作出选择。在进城的路上，她决定——因为他就在那儿——和海梅交朋友，依靠他，或者看起来像是依靠他。他了解这个城市，他能开车。不错，他特别年轻。但是，这也可能是一件好事。年龄大些的，懂得多一些，有可能会成为一个大麻烦。她的计划是去观察那个夜总会，去见彼得罗，有可能的话，去见维多利亚，而不必跟他们说什么。但是，对一个单身女人来说，不管是白人还是黑人，单独走进一家夜总会总不是一桩容易的事。此外，据她所知，这家夜总会还可能是一家妓院。她的唯一选择就是装成张大眼睛来猎奇的美国游客——不过她是个黑人，而这里是波多黎各。

只有她知道她是我的母亲，即将变成一位祖母；只有她知道她已经年过四十；只有她知道她来这里干什么。

到了旅馆以后，她给了海梅小费。然后，等她的包被带进旅馆以后，她突然看了看手表。“上帝，”她说，“我去登记的时候，你能等我一下吗，就一小会儿？我一点儿都不知道已经这么晚了。我答应见一个人。只需要一小会儿。服务生会把我的行李拿上楼。行吗？”

海梅是个脸上脏兮兮的男孩，有着明亮的眼睛、忧郁的微笑。他完全被这个不可思议的北美女士迷住了——之所以被迷住了，是因为他通过一些难以言说的严酷经历，知道这位女士虽然有麻烦，肯定有秘密，但她不会用暴力伤害他。他懂得，她需要他——出租车——来办什么事，但这不关他的事。他不知道他知道——这个想法没有自觉地进入他的头脑——但他知道她是个母亲。他有母亲。他看见一个母亲时，能够认出来。他知道，尽管他不知道他知道，今天晚上他能够帮她的忙。他的礼貌是真诚的，像她的麻烦事一样是千真万确的。所以他严肃地说，行啊，当然可以，夫人想去哪儿，他就会把她带到哪儿，她要他等多久，他就等多久。

莎伦多少骗了他一点。她登记了，跟着服务生一起上了电梯，给了他小费。她拿不定主意是不是要戴帽子。她的问题又琐碎又重大，但她以前还没有碰到过这样的问题。她的问题是，她不显年纪。她摘下帽子。她把帽子戴上。帽子让她显得更年轻，还是更老？在家时，她看着就是自己的年龄（不管这年龄是多大），因为大家都知道她的年龄。她看着像自己的年龄，因为她知道自己的角色。但是，现在，她在一个陌生的城市，二十年来第一次，正要单独进入一家夜总会。她把帽子戴上。她把帽子摘下。她意识到，她将要被恐惧控制，于是，她把帽子扔在床头柜上，使劲用冷水擦了擦脸，跟她给我擦脸时一样用力，穿上一件高领的白色衬衣、一条黑色裙子和一双黑色的高跟鞋，狠狠地将头发从额头上拉到后面，打成一个结，然后将一件黑色的披肩裹在头上和肩膀上。她这么做的目的是想让自己看起来像一位老妇人，结果却让她看着很年轻。莎伦骂了一声，但出租车在等着。她抓住手袋，冲进电梯，飞快地穿过大堂，进了出租车。不管怎么说，海梅明亮的眼睛告诉她，她看起来绝对像一个美国佬——或外国佬。

夜总会的位置在一家饭店里，在这家庞大的饭店建成之前，这里即使不是沼泽，肯定也是一片死水。夜总会绝对很可怕，那么吵闹，那么喧哗俗丽，那么密不透风和残酷。面对这家夜总会的时候，你会觉得连单纯的俗气都是一种无法恢复的优雅状态。莎伦现在是真害怕了，她的手在颤抖。她点着一支香烟。

“我得找个人，”她对海梅说，“我用不了多久。”

这个时候，她还根本没有意识到，就是整个民兵团来了都没法轻易把海梅撵走。莎伦现在成了他的财产。他知道，这个夫人有很大的麻烦。它还不是普通的麻烦——因为这可是位夫人。

“当然了，太太。”海梅笑着说，出了出租车，过来给她打开车门。

“谢谢你。”莎伦说。朝着大敞着的颜色扎眼的大门快步走去。

现在，一切都靠她眼观六路、耳听八方了。支撑着她——我母亲，这个曾经梦想着成为歌手的人的，是只有她才知道的信息，只有她知道她在这里干什么。

她进来了，饭店大堂，钥匙，登记，邮件，出纳，无聊的营业员（主要是白人，绝对浅肤色），而谁都没有特别注意到她。她走着，好像十拿九稳地知道她要去哪里。夜总会在左面，要下一层楼梯。她向左转，沿着楼梯走下去。

还没有谁制止她。

“太太——”

她从来没有见过彼得罗的照片。她眼前这个男人看着长相平平，黝黑黝黑的。灯光很暗（她周围的气氛很诡异），所以她没法猜测他的年龄，他看起来倒没有显得不友好。莎伦微笑着。

“晚上好。我希望我来对了地方。这里是——”她结结巴巴地说出夜总会的名字。

“是的，太太。”

“好——我来这儿是见一个朋友，但我本来要乘的航班满员了，所以我被迫乘了一个更早的航班。所以，我来得稍微早了点。你能给我在哪个角落找张桌子吗？”

“当然。很高兴。”他领着她走过拥挤的房间，“你朋友叫什么名字？”

她的头脑干枯了，她只能孤注一掷。“其实还是一桩生意关系。我在等阿尔瓦雷斯先生。我是里弗斯太太。纽约来的。”

“谢谢。”他把她安排在一张靠墙的桌子边坐下，“你等的时候要点喝的吗？”

“好，谢谢。一杯螺丝刀鸡尾酒。”

他鞠了一躬，然后走开了。

两件事办成了！莎伦想。她现在非常冷静。

这是一家夜总会，所以音乐是——“现场演奏”的。莎伦和鼓手一起度过的时光回到了她的脑海。她当歌手的时光回到了她的脑海。后来，过了很久以后，她很生动地告诉我，回想起这些日子，并没有给她带来一丝遗憾。她和那个鼓手失去了对方，就这么回事。她没有成为歌手的天赋，就这么回事。不过，她记得她和鼓手、乐队尝试过一些什么，她知道他们来自何处。如果我记得《无云之日》是因为我记得我第一次听到它时坐在我妈妈腿上，她记得的是《我的主和我》：于是，我们走在一起，我的主和我。这首歌是伯明翰，是她的父亲母亲，是厨房、矿山。事实上，她有可能从来就没有特别喜欢这首歌，但她知道这首歌，这首歌是她的一部分。慢慢地，她意识到，这是乐团里那些年轻人正在敲打或者演奏出来的那首歌，只不过配了不同的歌词，如果那真是歌词的话。他们对他们所唱的歌一无所知，这让莎伦怀疑，他们对自己是不是也一无所知。这是很长时间以来莎伦第一次独处。即使是现在，她只不过是身体上独处，跟别的独处是一样的，比如说，她单独去给她的家庭购物。购物的时候，她必须听，她必须看，答应这个，拒绝那个，她必须选择，她要喂饱一个家庭。她不能毒害他们，因为她爱他们。现在，她发现自己在聆听一种她以前从来没有听过的声音。如果她在购物，她不能把它带回家，把它放在餐桌上，因为它不会给他们提供营养。“我的女孩和我！”那个营养不良的摇滚歌手哭喊着，把自己抽出了一个电子的性高潮。但是，没有一个曾经有过爱人、母亲、父亲或上帝的人，能够听起来这样绝望地手淫。因为莎伦现在听到的就是绝望，而绝望，不管能不能拿回家放在餐桌上，都是应该得到尊重的。绝望能够让人变成魔鬼，但也能让人变得高贵。而这些孩子，在这个场所，他们都是可以任人塑造的。莎伦为他们鼓掌，因为她在为他们祈祷。她的螺丝刀酒来了，她朝着一张她看不见的脸微笑。她喝了一口。她僵住了：孩子们要奏下一个曲子了。她抬起头，看见另外一张她看不清的脸。

孩子们开始了他们的新歌《我得不到满足》。

“你是里弗斯太太？你在等我？”

“是。你能坐下吗？”

他坐了下来，面朝着她。现在，她能看清他了。

想着我和范尼，以及孩子，谴责自己如此无能，知道她自己四面受敌，被包围着，她背靠着墙，走投无路。他面朝着门，随时可以走开——她必须孤注一掷。

“我听说有一位彼得罗·阿尔瓦雷斯先生在这里工作。

你是彼得罗·阿尔瓦雷斯吗?”

她能看见他。但是，当然了，与此同时，她又看不见。

“可能。你找他有什么事?”

莎伦想要一支烟，但她担心她的手会发抖。她用两只手捧起螺丝刀酒，慢慢喝了一口，现在倒有些感谢上帝她披着披肩，因为她可以用它来挡着脸。如果她能看见他，他也能看见她。她沉默了一会儿。然后，她放下酒，拿起一支烟。

“借个火，可以吗?”

他为她点着烟。她摘下披肩。

“我也不是一定要见阿尔瓦雷斯先生。我想见维多利亚·罗杰斯太太。我是那个她指责说强奸了她、现在在纽约蹲监狱的人的准丈母娘。”

她看着他。他看着她。现在，她开始看见他了。

“哦，夫人，我告诉你，你这女婿可真够意思。”

“我还有个女儿也挺够意思。我告诉你。”

他为了看着老练一点儿蓄的胡须抽搐了一下。他的手捋过那浓密的黑头发。

“瞧，这孩子吃的苦已经够多的了。太多。别再打扰她了。”

"一个人因为他根本没有干的事情要被处死了，我们能听其自然吗？"

"你怎么知道他没干？"

"看着我！"

音乐台上的孩子们完成了他们的节目，下了台，点唱机马上响起了罗伊·罗杰斯的《我无法不爱你》。

"你让我看你干吗？"

侍者过来了。

"你喝点什么，先生？"莎伦摁灭了香烟，马上又点着了另一支。

"我请客。给我平常要的。给夫人再来一杯她现在喝的。"

侍者走开了。

"看着我。"

"我看着你呢。"

"你觉得我爱我女儿吗？"

"坦率地说——很难相信你有女儿。"

"我快当外婆了。"

"从——？"

"是。"

他很年轻，非常非常年轻，但又非常老，不过不是她预想的那种老。她预想的是那种衰败的老。而她眼前面对的却是悲伤的老。她面对的是磨难。

“你觉得我会把女儿嫁给一个强奸犯吗？”

“你可能不知道。”

“你再看着我。”

他看着她。但他无动于衷。

“瞧。我不在场。但维多利亚发誓是他。她他妈的遭罪了，乖乖，她可遭老罪了，我不能让她再遭罪了！对不起，夫人，但我不在乎你女儿会怎么样——”他顿住了，“她要有孩子了？”

“是。”

“你找我干什么？你就不能别烦我们吗？我们就想自己待着。”

莎伦没有说话。

“瞧。我不是美国人。你们那儿有律师和人脉，你来找我干吗？操——对不起，但我什么也不是。我是老印，意大利佬，西佬，黑鬼——随便你叫什么，这是我。我在这儿有点小买卖，我有维多利亚，夫人，我不想让她再遭罪了。对不起，夫人，但我真不能帮你。”

他开始起身——他不想在她面前哭泣。莎伦拉住他的手腕。他坐了下来，一只手挡着脸。

莎伦拿出钱包。

“彼得罗——我能叫你的名字，因为我的年龄和你妈妈一样大。我女婿和你一样大。”

他把头支在一只手上，看着她。

莎伦把范尼和我的照片递给他。

“看看照片。”

他不想看，但他还是看了。

“你是强奸犯吗？”

他抬起头来看着她。

“回答我。你是吗？”

那张迟钝的脸上的黑眼睛，现在直瞪瞪地看着我母亲的眼睛，使那张脸像是带电一般，在远处山坡的黑暗中点亮了一把火——他听见了这个问题。

“你是吗？”

“不是。”

“你觉得我来这儿是为了让你受苦吗？”

“不是。”

“你觉得我撒谎吗？”

“不。”

“你觉得我疯了吗？我们都有点疯癫，我知道。但真的疯了吗？”

“没有。”

“那么，你能把这张照片拿回家，给维多利亚，让她认真想一想，认真研究研究吗？把她抱在你怀里。就这样。我是个女人。我知道她被强奸了，我知道——呃——我知道女人知道的东西。但是，我也知道阿朗佐没有强奸她。我跟你这样说，是因为我知道你知道男人知道的东西。把她抱在你怀里。”她看了他一会儿，他瞪着她。“然后——明天给我打电话好吗？”她把饭店的名字和电话号码报给他，他写了下来，“行吗？”

他看着她，现在又强硬又冷漠。他看着电话号码。他看着照片。

他把两样东西都推给莎伦。

“不行。”他说。他站起身，走了。

莎伦坐在那里。她听着音乐，看着跳舞的人。她强迫自己喝完第二杯酒，她不想要的酒。她不敢相信正在发生的事情。但它确实是在发生。她点着一支烟。她敏锐地意识到，不仅仅是她的肤色，还有这个事实：在这么多证人的虎视眈眈下，她的身份，在她进门时还是模糊不清的，现在则完全清楚了：她走了这么远来见的那个二十二岁的年轻人，而他刚刚离开她走掉了。她想哭。她又想笑。她给侍者打了个手势。

“怎么了？”

“我欠你多少钱？”

侍者糊涂了。“你不欠我，太太。阿尔瓦雷斯先生已经买单了。”

她意识到，他的眼中既没有怜悯，也没有责备。这让她觉得有些震惊，也让她热泪盈眶。为了掩饰，她低下头，整理她的披肩。侍者走开了。莎伦在桌子上留下五美元。她走到门口。那个长相平平、黝黑黝黑的人给她打开门。

“谢谢你，太太。晚安。你的出租车在等你。欢迎你再来。”

“谢谢。”我母亲笑着说，走上楼梯。

她穿过楼道。海梅靠着出租车。他看见她时，脸色一亮，为她打开车门。

“你明天要我几点钟来？”他问她。

“九点钟是不是太早？”

“不早，不早，”他笑了，“我总是六点钟之前就起床了。”

车子开始行驶了。

“太好了。”莎伦说。她摇晃着脚，思考着下一步。

宝宝开始踢我了，晚上会把我弄醒。妈妈现在在波多黎各，于是欧内斯汀和约瑟夫照顾我。我不敢辞职，因为我知道我们需要钱。这也意味着我经常不能六点钟去探视范尼。

我觉得，如果我辞职，我就会一直没完没了地六点钟去探视范尼。我跟范尼这样解释，他说他明白，事实上，他也确实明白。但是，六点钟到来时，明白也无济于事。不管你多明白，你不由自主地要等待：等着你的名字被点到，等着你被带出你的牢房，带下楼去。如果有人来探视你，哪怕只有一个，但这个人是常客，这就意味着，外面有人在乎你。这一点能够帮助你度过长夜，熬到白天。不管你多么明白，真心明白，不管你告诉自己什么，如果没有人来探视你，你就有大麻烦。麻烦，在这里，就意味着危险。

一个星期天上午，约瑟夫直率地给我讲清了这一点。那天早上我比平时晨吐得更厉害，约瑟夫得照顾我，因为欧内斯汀在那个女演员家里有一件急事。我无法想象我肚子里这个小东西在干什么，但看起来它是长脚了。有时候它一连好多天都很安静，可能是在睡觉，但更有可能是在图谋——图谋逃跑。然后，它转身了，扑打着水，翻腾着，显然在这里感到十分无聊，想出来。我们好像开始了一种十分尖锐的对话，它踢一下，我把一只鸡蛋摔在地板上了；它踢一下，桌子上的咖啡壶倒过来了；它踢一下，我手背上的香水味道让我吞咽下苦涩的泪水，我闲着的手压在沉重的玻璃柜台上，有足够的力量把它压成两半。他妈的。耐心点。我在尽力而为——它又踢了，很高兴能够引起这么强烈的反应。求你了。安静点儿吧。然后，它累了，或者，我怀疑，只不过是狡猾，它在让我满头大汗、吐掉了我的早餐、徒劳地上了四五次厕所之后，终于不动了。但它真是非常狡猾，它想活下来。我在乘地铁或穿过一条繁忙的马路的时候，它从来不动。但它越来越沉了，每时每刻，它的要求变得越来越坚定。事实上，它是在提出要求。其中的信息是，不是它属于我——尽管又有温柔的一踢，通常是在晚上，表示它不介意属于我，我们有可能会慢慢互相喜欢——而是我属于它。然后它又像穆罕默德·阿里一样发起攻势，我又被击倒在拳击台围栏上了。

我已经完全不认识我的身体了，它变得完全走形了。我尽量不去看它，因为我根本就认不出它来。此外，我有时候晚上把衣服脱下来，到早上就穿不进去了。我不再能穿高跟鞋了，它们破坏我的平衡感，就像一个人如果一只眼瞎了，他的视力也就下降了。我本来没有乳房，也没有臀部，现在我两样都有了。我觉得我的体重好像在以每小时三百磅的速度增加，我无法想象，等我身体里面这个小东西最终决定把自己踢出来时，我看起来会是个什么样子。老天爷。不过，我们开始了解对方，这个小东西，这个小生灵和我，有时候我们两个非常非常友好。它有话跟我说，我必须学会倾听——否则，等它来临时，我不知道该说什么。范尼永远不会原谅这一点。毕竟，要这个孩子的是我，而不是他。而且，在我们的麻烦之下、之外，我觉得非常幸福。我很少抽烟了，它让我少抽烟。我开始热爱可可和甜甜圈，酒类里只有白兰地还有一点味道。于是，欧内斯汀漫不经心地从女演员家顺了几瓶来。“她不会发现的，宝贝儿，就她们那个牛饮法。”

这个星期天上午，约瑟夫给我倒了第三杯可可，前面两杯我一喝就又吐了。他把可可放在我面前的桌子上，表情非常严肃。

“你想不想把这个孩子生出来？”

他看着我的样子，他说话的声音，都把我吓了个半死。

“想，”我说，“我想。”

“你爱范尼？”

“是。我爱他。”

“那么，对不起，你得把工作辞了。”

我看着他。

“我知道你担心钱的事，但钱的事你让我来操心。我更有经验。更何况，你也没挣多少钱。你这么着只能把自己累死，把范尼逼疯。这样下去的话，你的孩子该保不住了。孩子保不住，范尼也不想活了，你就失败了，然后我也失败了，一切都完了。”

他站起来，走到窗前，背对着我。然后，他又转向我。“我是认真的，蒂希。”

我说：“我知道你是认真的。”

约瑟夫笑了。“听着，小姑娘。在这个世界上，我们要互相关照，对不对？听着，有些事情，我能做，你不能做。就这么回事。有些事情，我能做，你不能做——还有些事情，你能做，我不能做，比如，我就不能为你生这个孩子。要是能的话，我肯定会帮你做的。为了你，我什么都愿意做——这个你知道吧？”他看着我，笑了。

“知道，我知道。”

“还有些事情，你能为范尼做，我做不了的——对吧？”

“对。”

约瑟夫在厨房里来回踱步。“年轻人不爱听这个——我年轻的时候也是这样——但你还年轻。孩子，即使是为了整个巴西的咖啡，我也不愿意失去你们两个中的任何一个——但你还年轻。范尼差不多还是个孩子。他的麻烦，可不是一个孩子该有的麻烦。你是他的一切，蒂希。你是他的**一切**。我是个男人，我知道我在说什么。你懂我的意思吧？”

“我懂。”

他又在我面前坐下。“你得天天去看他，蒂希。每天都去。你照看好范尼，我们处理别的事情，行不行？”

“好吧。”

他吻干我的眼泪。

“把孩子平平安安地生下来。我们把范尼接出监狱。我发誓。你发誓吗？”

我笑了，我说：“嗯。我发誓。”

第二天早上，反正我吐得太厉害，不能上班，于是，欧内斯汀给商店打了个电话。她说，她或我过几天会来拿工资。

于是，工作辞了，我就这样了。我得老实承认，在某种程度上，我一点也不喜欢——成天无所事事。但是，最终，它也迫使我认识到，我死守着我的工作，是为了逃避我的麻烦。现在，我独自一人，陪伴着范尼和我的孩子。

但约瑟夫是对的，范尼满脸发光。我不去见海伍德的日子，可以一天探视范尼两次。六点钟的探视时间我总在那里。范尼也知道我肯定会在那儿。很奇怪，我现在也开始知道了一件怪事。我到场，本身没有任何实际用处，从实用角度看，甚至都可以看成一种背叛，却远比任何我能够做的实际的事情都要重要得多。每天，当他看见我的脸时，他又一次知道我爱他——上帝知道，我真爱他，每时每刻，越来越爱，越来越深。不仅如此，这也意味着别的人同样爱他，他们那么爱他，设法让我能够有时间来看望他。他不是孤单一人，我们不孤单。我再也没有所谓的腰围，这事让我有点害怕，但他却为此高兴。“她来了！大得像两所房子！你肯定不是双胞胎吗？或者三胞胎？操，我们可能创了世界纪录！”

他仰起头，手里抓着电话，看着我的眼睛，欢笑着。

我明白，孩子的发育和他一定要自由的决心互相关联着。所以。我不在乎大得像两所房子。孩子要出来。范尼要出来。我们会如愿以偿的，只等时机来到。

海梅很准时，莎伦九点半就到了贫民窟。海梅大概知道那个住所的地点，但他不认识那位女士——至少他不确定他认识她。莎伦下出租车的时候，他还在琢磨着。

海伍德警告过莎伦，告诉她，他从来无法形容贫民窟，他还十分怀疑莎伦来过以后，会愿意形容贫民窟是什么样子。这太过沉痛。头上是蓝天和明亮的太阳，这边是蓝色的海洋，那边是垃圾堆。过了一会儿，你才意识到，那个垃圾堆就是贫民窟。上面盖着房子——住所，有的还盖在桩子上，好像想超越粪堆。有些有带瓦楞的金属屋顶，有些有窗户。所有房子里都有孩子。

海梅和莎伦并肩走着，很自豪地为她充当着保护人，对这份活计多少觉得有点不自在。这儿的气味令人难以忍受——但是，孩子们在山包上溜上溜下，喊声入云，黑不溜秋的，半光着身子，眼睛亮亮的。他们大笑着，在海里跳来跳去搅起浪花，好像对难闻的气味毫不在意。

“应该是这个地方。”海梅说。莎伦走过一道拱门，进了一个摇摇欲坠的院子。她面前的这所房子，在某个时期，肯定曾经是一座非常重要的私人住宅。现在已经不再是私人的了。墙上的一层油漆都剥落了，阳光照亮了每一块污迹、每一道裂缝，不屑于进入房间。有些房间有百叶窗，如果百叶窗还能挂得住的话。这儿就像一个没有受过训练的交响乐队，婴儿和儿童的声音就是它的主题——发育成熟，并与长者的声音和谐共处。到处都是门：矮矮的、黑黑的、方方的门。

“我觉得可能是这儿，”海梅指着一扇门，紧张地说，“在三楼，我觉得。你说她是金发？”

莎伦看着他。他十分难受，他不想让她一个人单独上楼。

她摸摸他的脸，笑了。他突然让她想起范尼，令她回想起她来这里的原因。

“等着我，”她说，“别担心。我用不了多久。”

她走进门，登上楼梯，好像知道该去哪儿似的。三楼有四扇门，门上都没有名字。有一扇门微微开着，于是她上前敲门——她敲门时，门又开大了一点。

“罗杰斯太太？”

一个非常瘦的女孩儿，黑黑的脸上有一双黑黑的眼睛，穿着印花的家常衣服，光着脚，走到房子中央。她乱乱的鬈发是金色的，她有高高的颧骨、薄薄的嘴唇、宽阔的嘴——一张温和、柔弱、友好的脸。一只金十字架挂在她脖子上。

她说："太太？"然后站住了，大大的眼睛盯着莎伦，害怕起来。

"太太？"

因为莎伦什么都没说，只是站在门口，看着她。

女孩舔了舔嘴唇，又问："太太？"

她看着没有她的年龄那样大。像个小女孩儿。然后，她动了一下，脸上的光线不同了，莎伦认出她来。

莎伦靠在打开的门上，有那么一会儿，担心她会摔倒。

"罗杰斯太太？"

女孩的眼睛眯起来，她的嘴唇也抿了起来。

"不是，太太。你错了。我姓桑切斯。"

她们对视着。莎伦仍然靠在门上。

女孩朝着门挪了一下，似乎是想关门。但是，她又不想推莎伦。她不想碰她。她走了一步，停了下来。她摸了摸脖子上的十字架，瞪着莎伦。莎伦琢磨不透女孩的脸。她脸上有关切，和海梅的关切没有什么区别。她脸上还有恐惧，以及一种掩饰着恐惧的同情。

莎伦还没有把握自己能不能动，但也意识到，不管她动不动，既然身处在开着的门前，最好还是不要挪开。这让她有一定的优势。

“对不起，太太，但我得干活儿，劳驾，我不认识什么罗杰斯太太。说不定她在这儿别的什么地方？”她似笑非笑，朝开着的窗户看去，“但这儿那么多人，你得找很长时间。”

她看着莎伦，脸上有一股幽怨。莎伦直起身来，突然之间，她们对视着——现在，她们的眼神对上了。

“我有你的照片。”莎伦说。

女孩什么都没说。她假装觉得好笑。

莎伦拿出照片，举起来。女孩往门口走去。她往前走时，莎伦离开门口，进了房间。

“太太！我跟你说了，我要干活儿。”她上下打量着莎伦，“我可不是个北美夫人。”

“我不是夫人。我是里弗斯太太。”

“我是桑切斯太太。你找我干什么？我不认识你。”

“我知道你不认识我。你可能从来没有听说过我。”女孩脸上出现了什么，她抿紧嘴唇，在裙子口袋里翻出烟，大大咧咧地把烟朝着莎伦吹过来。“你要支烟吗，太太?”她把烟盒朝莎伦递过来。

女孩眼中带着点乞求，莎伦用颤抖的手，拿出一支香烟，女孩为她点着。她把烟放回她居家服的口袋里。

“我知道你不认识我。但我觉得你肯定听说过我。”

女孩匆匆地看了一眼莎伦手上的照片，看看莎伦，什么也没说。

“我昨天晚上见过彼得罗了。”

“啊！是他把这张照片给你的?”

她这么说本来是讽刺，但她意识到她犯了一个错误，不过——她那挑衅的眼睛看着莎伦，仿佛在说——叫彼得罗的人多着呢！

“不是。我是从阿朗佐·亨特的律师那里拿到的——阿朗佐·亨特就是那个你所谓的强奸了你的人。”

“我不知道你说的是什么。”

“我觉得你知道。”

“瞧瞧，我跟谁都没仇。但我得请你出去。”

她在发抖，眼泪都快流下来了。她那两只黝黑的手紧紧地攥在胸前，就像防止自己去碰莎伦一样。

“我来这里是为了把一个人救出监狱。这个人要娶我的女儿。他没有强奸你。”

她拿出范尼和我的照片。

“看看这张照片。”

女孩转过身去，还是朝着窗户方向。她坐在没有收拾的床上，仍旧看着窗外。

莎伦靠近她。

“请你看看照片吧。这个女孩子是我女儿，和她在一起的是阿朗佐·亨特。这是强奸你的那个男人吗？”

女孩子不看照片，也不看莎伦。

“这是强奸你的那个男人吗？”

“有一件事我看得出来，夫人——你从来没有被强奸过。”她低头很快地瞄了一眼照片，然后抬头很快瞄了一眼莎伦，“看着像他。不过他没在笑。”

过了一会儿，莎伦说：“我能坐下吗？”

女孩什么都没说，只是叹了口气，抱住双臂。莎伦在她身旁坐下，坐在床沿上。

她们周围大概有两千台半导体收音机在播放着，所有的都在放 B.B. 金的歌。实际上，莎伦听不出收音机在放什么，但她听出了那个节拍：它从来不曾这样高亢、执着、哀伤，它从来不曾这样果决和危险。这个节拍有很多人声在伴奏，也有大海在伴音——大海在贫民窟的垃圾堆之外闪闪发光。

莎伦坐下来倾听，她以前从来不曾这样倾听过。女孩的脸朝着窗户。莎伦心里想，不知道她现在听见的是什么、看见的是什么。也许她什么都没听见、什么都没看见。她带着一种顽固、安静的无助坐在那里，她那瘦瘦的手无力地垂在膝头，就像一个曾经被陷阱困住过的人。

莎伦看着她瘦弱的后背。女孩的鬈发开始干枯，发根是黑的。音乐的节拍升高了，变得几乎让人无法忍受，开始在莎伦脑子里作响，让她觉得她的头脑快要破裂了。

她已经快泪流满面了，她自己也不知道为什么。她从床上站起来，走向音乐。她看着孩子们，看着大海。远处有一个拱门，和她刚才走过的拱门差不多，是被摩尔人抛弃的。她转过身看着女孩子。女孩子低头看着地板。

“你是在这儿出生的吗?”莎伦问她。

“瞧瞧，夫人，你先别忙，我告诉你，你甭想碰我，我在这儿可不是孤苦无依的，我有朋友，我告诉你!”

她抬头愤怒地看了莎伦一眼，愤怒中又带着惧怕和怀疑。但她身子没有动。

“我不是想碰你。我只是想把一个人救出监狱。”

女孩转向床的内侧，把后背对着莎伦。

“一个无辜的人。”莎伦补充道。

“夫人，我觉得你来错地方了。我真的这么觉得。跟我说没用。我什么也做不了！”

莎伦开始调查：“你在纽约待了多久？”

女孩往窗外弹了弹烟灰：“太久了。”

“你在那儿生的孩子吗？”

“听着。别把我的孩子扯进来。”

房间里热起来了，莎伦脱下她的薄夹克，又在床前坐下。

“我，”她很谨慎地说，“也是一个母亲。”

女孩看着她，想轻蔑地保持距离。但是，尽管她知道如何嫉妒，却不知道如何轻蔑。

“你干吗回到这里？”莎伦问她。

女孩期待的不是这个问题。实际上，这也不是莎伦想问的问题。

她们互相看着对方，这个问题在她们之间闪闪发光，就像大海中的光线一样不断变化着。

这一次，莎伦跟着她的视线，她们一同往外注视着大海。某种程度上，是女孩愤怒的回答，使莎伦的头脑开始清醒。在女孩的回答中，她读出一种请求。她开始用一种不同的语气和她说话。

“闺女，在你身上发生了可怕的事情，我们也都可能做一些可怕的事情。”她仔细地看着窗外，又看着这个女孩，“在你成为一个女人之前，我就是一个女人了。记住这一点。不过，”她转向维多利亚，轻轻地把女孩拉向自己——那瘦瘦的手腕，干瘦的手，弯曲的胳膊，她对她说话，就像是在对我说话一样，“你会为你说的谎话付出代价。”她直视着这个女孩。女孩也直视着她。“你把一个人送进了监狱，闺女，一个你从来没有见过的人。他今年二十二岁，闺女，他想和我的女儿结婚——还有——”维多利亚的眼睛又看着她的眼睛，“他是黑人。”她放开女孩，又望向窗户外面，“和我们一样。”

“我确实看见他了。”

“你是在警察的辨认嫌犯的队列里见到他的。那是你第一次见他。唯一一次。”

“你怎么这么肯定？”

“因为他一生下来我就认识他。”

“哈！”维多利亚说着想挪开身子。她黑黑的、受伤的眼里浮起了泪花。“你不知道我听见多少女人这么说。她们没有看见他——我看见了他——他向我扑来的时候！她们从来没有看见那个场面。受人尊敬的女人——像你这样的——她们从来没有看见过，”眼泪开始从她脸上落下来，“你可能认识一个小男孩，他可能是个好人——对你来说！但不知道那个男人……那个……那个那样对待我的男人！”

“但是，”莎伦说，“你敢肯定你认识他吗？”

“是，我敢肯定。他们把我带到那里，他们让我把他挑出来，我就把他挑出来了。就这么回事。”

“但是，你——出事的时候——是在黑暗中。而你是在灯光下看见阿朗佐·亨特的。”

“楼道里有灯。我看见了一点。”

莎伦又抓住她，摸着她的十字架。

“闺女，闺女。以上帝的名义。”

维多利亚看着十字架上的手，尖叫起来：一种莎伦从来没有听见过的声音。她甩开莎伦，冲到门口，整个过程中，门一直是开着的。她尖叫着，哭喊着：“滚出去！滚出去！”

门都打开了。人都出来了。莎伦听见了出租车的喇叭声。一下，两下；一下，两下；一下，两下，三下；一下，两下，三下。维多利亚现在用西班牙语尖叫着。楼道里有个上了年纪的女士来到门口，把维多利亚抱在怀里。维多利亚瘫倒在这个女士的怀里哭泣。这位女士看都没看莎伦一眼，就拉着维多利亚走了。但是，剩下的人围拢来，瞪着莎伦。现在莎伦能够听见的唯一的声音，是海梅的出租车的喇叭声。

他们瞪着莎伦，瞪着她的衣服。她什么也没法跟他们说，她沿着楼道朝他们走去。她胳膊上搭着她的夏天的薄夹克，她提着她的手袋，一只手拿着范尼和我的照片。她缓缓地走过他们身边，缓缓地在他们的瞪视中沿着楼梯走下去。每一层都有人。她走出院子，走上大街。海梅为她打开出租车门。她上了车，他关上门，一言不发地开车把她带走了。

晚上，她到夜总会去了。但是，看门人告诉她，阿尔瓦雷斯今天晚上不来，也没有给单身女子的桌子，而且，反正夜总会也客满了。

人的大脑就像一种粘灰的物体。这个物体并不知道为什么粘着它的东西会粘着它，大脑也是如此。但是，一旦这样的东西落在你身上，它就不再离去。于是，自从那个下午在蔬菜摊见过他以后，我随时随地都能见到贝尔。

我当时并不知道他的名字。我是那天晚上问了他才知道他的名字的。我已经记住了他的警牌号码。

那个下午之前，我肯定见过他，但他只不过是一个警察而已。那天下午以后，我知道他有红头发和蓝眼睛。他大概三十多岁。他走路像约翰·韦恩[①]大踏步走出来清扫全世界，他相信那一套垃圾——一个恶毒、愚蠢、幼稚的混蛋。和他崇拜的英雄一样，他也有那种尖脑袋、大肚皮、大屁股，他的眼睛和乔治·华盛顿的眼睛一样空洞。但是，我开始了解那双眼睛里的空洞。我开始了解的东西，也开始把我吓得半死。如果你坚持看着那双一眨也不眨的蓝眼睛，看着眼睛中间的那个点，你会发现无限的残酷，一种恶毒的冷漠和寒冷。在那只眼睛里，你根本就不存在：如果你够幸运的话。**如果**这只眼睛，从它所在的高度被迫注意到你，如果你确实存在于那只眼睛背后那个难以置信的封冻的冬天里，那么，你就留下了痕迹，打下了烙印，带上了标记，就像一个穿着黑色外套的人，在雪地里趴着逃跑。这只眼怨恨你在风景中的存在，嫌你在风景中碍眼。不久，黑色外套就会被血染红，雪也会被染红，那只眼对此也会

① 约翰·韦恩（John Wayne，1907—1979），美国演员，以演出西部片和战争片中的硬汉而闻名。

怨恨，会眨一下，让更多的雪落下，遮蔽一切。我碰见他时，有时和范尼在一起，有时我独自一人。当我和范尼一起碰见他时，那双眼睛直直地看着前方，看着冰冷的太阳。我一个人的时候，那双眼睛像猫爪一样抓挠着我，像耙子一样耙着我。那双眼睛只看着被征服的受害者的眼睛。它们不能看别的眼睛。范尼一个人的时候，也会出现这样的情况。贝尔的眼睛带着无法解释的残酷的欲望扫过范尼的黑色身体，好像他点亮了喷灯，要将它扔向范尼的阴茎。当他们碰了面，而我又在场的时候，范尼直视着贝尔，贝尔则直视着前方。我得收拾收拾你，小子，贝尔的眼睛说。妄想，你甭想，范尼的眼睛说，我要把我的东西收拾停当，离开这个鬼地方。

我很害怕，因为，在格林尼治的街道上，我意识到我们完全是孤立的。除了我们自己以外，别人谁也不在乎我们，或者说，爱我们的人都不在那里。

贝尔跟我说过一次话。那天很晚了，我下班以后正要去范尼那儿。我看见他有些吃惊，因为我是在十四街、第八大道那里下的地铁，而他通常是在布里克和麦克杜格尔那个街区。我在第八大道上吭哧吭哧走着，提着一袋我从犹太人那里顺来的杂物，突然看见他从第八大道朝着我慢慢走过来。有那么一瞬间，我很害怕，因为我的袋子里装着胶水、文具、水彩、纸张、钉子和笔——都是偷来的。但他不可能知道这个，我太恨他，也不在乎他是否知道。我朝着他走过去，他朝着我走过来。天色开始暗下来了，大概七点、七点半的样子。街上有很多人：往家里赶的男人，靠在墙边的醉鬼，逃跑的女人，波多黎各孩子，吸毒汉。贝尔走过来了。

“我帮你提着行吗？”

我都快把包掉下来了。实情是，我几乎要尿裤子了。我直视他的眼睛。

“不用，”我说，“非常感谢。”我想继续走，但他挡住了我的去路。

我再次直视他的眼睛。这大约是我第一次真的望进一个白种男人的眼睛。它让我停住了，我静静地站着。这种感觉，不像是望进一个人的眼睛。这是我前所未知的感觉，因此，它非常有力量。它是一种勾引，并且包含着强奸的可能性。它是强奸，强奸中又包含着堕落和复仇：两者都是。我想靠近他，侵入他，打开那张脸，改变它、毁坏它，和他一起陷入污泥浊水。然后，我们都会自由了，我几乎能够听见胜利的歌唱了。

“好吧，”他用低沉的声音说，“你也没多远了。不过，真希望能够帮你拎包。”

我还能看见我们在那条匆忙、拥挤、黄昏中的大道上，我提着我的袋子和手袋，盯着他，他盯着我。我突然变成他的人了，一种我从来不曾感觉过的苍凉掠上我的心头。我看着他的眼睛，他那湿润的、男孩子般绝望的嘴唇，感觉到他碰着我的性器硬了起来。

“我不是坏人，”他说，“告诉你的朋友。你不用怕我。”

“我不怕，”我说，“我会告诉他的。谢谢。”

“晚安。”他说。

“晚安。”我回答，然后匆匆上路。

我从来没有告诉过范尼这件事。我不能。我把这件事从我脑子里抹掉了。我不知道贝尔是不是跟范尼说过——我觉得没有。

范尼被捕那天晚上，丹尼尔在我们家。他有点醉了。他在哭。他又在谈他在监狱里的那段日子。他看见过九个男人强奸一个男孩，他自己也被强奸过。他再也不可能，不可能，不可能是从前那个丹尼尔了。范尼抱着他，就在他倒下之前把他抱住了。我去煮咖啡。

然后他们就来敲门了。

第二部

锡　安

范尼在做木雕。这是一块棕色的软木，站在他的工作台上。他决定给我做一只胸雕。墙上挂满了素描。我不在那儿。

他的工具都在桌子上。他绕着木头走着，心里有些惊恐。他不想碰它。他知道他必须碰它。但是，他不想玷污这块木头。他盯着看了又看，几乎痛哭起来。他真希望木头能够对他说话，他在等着木头和他说话。木头不说话，他就不能动弹。我被囚禁在那块木头的沉默里，他也是。

他拿起一把凿子，又把凿子放下。他点着一支烟，坐在他的工作凳上，直直地看着。然后又拿起凿子。

他放下凿子，走到厨房给自己倒了一杯啤酒，带着啤酒回来，又在凳子上坐下，盯着木头。木头也回盯着他。

“你他妈的。”范尼说。

他又拿起凿子，走近那块等待着他的木头。他用手轻轻地触碰木头，爱抚着木头。他聆听着。他戏弄地把凿子放在木头旁边。凿子开始动了。范尼开始雕刻。

然后梦醒了。

他独自一人在一间牢房里，在监狱的顶层。这是暂时的安排。不久，他就要被送到楼下，和其他犯人一起在一间大一些的牢房里。牢房的角落里有一只马桶，臭烘烘的。

范尼也臭烘烘的。

他打了个哈欠，把胳膊枕在脑后，在狭窄的床上愤怒地翻了个身。他聆听着。他不知道现在几点，但这没有关系。所有的时间都是一样的，所有的日子都是一样的。他看着床边地板上自己的鞋，鞋没有鞋带。他试着给自己寻找在这里的理由，该动或不动的理由。他知道他必须做点什么事情，防止自己在这个地方淹死，他每天都试着这么做。但是，他做不到。他不能退缩进自己内部，也不能走出自己。他被理直气壮地暂停了，他静止不动了。恐惧令他无法动弹。他站起来，走到角落，撒尿。马桶不太管用，一会儿就会漫出来。他不知道怎么对付它。他一个人待在楼上，很害怕。但他也害怕被搬到楼下，和别人在一起，他吃饭的时候见过他们，他们也看到了他。他知道他们是谁，他以前见过他们所有人，如果他们在外面见面了，他知道跟他们说什么。而在这里，他什么也不知道，他傻乎乎的，害怕极了。在这里，他对所有人都没有招架之力，他在石头和钢铁面前也毫无招架之力。在外面，他已经不是年幼无知了。可在这里，他意识到，他很年幼，非常年轻，太年轻了。而且——他会在这里老去吗？

他从牢房门上的小洞口看着楼道里他能够看见的部分。一切都安静沉默。肯定还早。他在想，不知道今天是不是有人要带他去洗澡的日子。但是，他不知道今天是什么日子，他记不清上次他被带去洗澡是什么时候。他想，我今天问问谁，然后我就能记住了。我得让我自己记住。我不能让我这样垮下去。他试着让自己回想他读过的所有关于监狱生活的文字。他什么也想不起来。他的头脑像空壳一样空，就像一只空壳一样，里面回响着一种毫无意义的声音，没有问题，没有回答，一无所有。他还臭烘烘的。他又打了一个哈欠，他挠挠自己，他打了一个寒战，用尽全身力气压住了一声喊叫，抓住高高的窗户，望着视线所能及的天空。摸着铁窗，让他冷静了一些。凉爽、坚硬的石头碰着他的皮肤，也让他觉得好受了一点。他想着弗兰克，他的父亲。他想着我。他在琢磨我们此时此刻正在干什么。他在纳闷这整个世界，他的世界，当他不在的时候，在干着什么，为什么他被独自扔在这里，也许一直到生命的尽头。天空是铁灰色的，沉重的泪水从范尼的脸上流下来，使他脸上的胡茬痒起来。他无法防护自己，因为他找不到自己身在此处的任何理由。

他躺回床上。他还剩下五支烟。他知道那天晚上我会给他带烟。他点着一支烟，看着天花板上的水管。他颤抖起来。他尽量设法让大脑平静下来。再熬一天。别担心。冷静。

他吸了一口烟。他的鸡巴硬起来了。他漫不经心地隔着短裤搓揉着它，它是他唯一的朋友。他咬着牙，抵抗着，但他很年轻，又很孤独，还是独自一人。他轻柔地揉搓着，就像在祈祷，合着眼睛。他坚硬的性器起了反应，燃烧着。范尼叹了口气，又吸了一口烟。他停顿了一下，但他的手不能停下来——无法停下来。他用牙咬住下唇，巴不得——但他的手无法停下来。他把它掏出短裤，把毯子一直拉到下巴上。手无法停下来，它握得越来越紧，它紧握着，动得越来越快，范尼一上一下地动着。啊。他尽量谁也不想，他试着不想我，他不想让我跟这间牢房和这个动作有任何关联。啊。他转过身，挺起来，扭动着，他的腹部开始颤抖。啊。他的眼里泛起沉重的泪花。他不想让它结束。它必须结束。啊。啊。啊。他把烟头扔在石头地板上，他完全屈服了，他假装人的手臂在拥抱着他，他呻吟着，他几乎要叫喊起来了，他肿胀、燃烧的性器令他拱起后背，他的四肢都僵硬起来。啊。他不想让它结束。它必须结束。他呻吟着。真是难以置信。他的精液滴出来，喷出来，爆炸了，喷在他的手上、腹部、阴囊和大腿上。过了很久，他睁开眼睛，牢房的钢铁和石头冲着他狠压下来，让他明白，他是孤单一人。

六点钟的时候，他被带过来见我。

他还记得拿起电话。

“嗨!”他笑着，“你今天怎么样，宝贝儿？告诉我点什么。”

“你知道我没什么说的。你怎么样？”

他亲吻着玻璃。我亲吻着玻璃。

但他脸色很难看。

“海伍德明天上午来见你。他觉得他已经确定审判的日期了。”

“什么时候？”

“快了，很快。”

“快了是什么意思？明天？下个月？明年？”

“范尼，我要不是知道很快了，能告诉你吗？是不是？海伍德跟我说了，我可以告诉你。”

“孩子出生之前？”

“啊，是的，孩子出生之前。”

“预产期是哪天？”

“很快。”

他的脸色缓和下来，他笑了。他用一只拳头做出了一个假装来势汹汹的手势。

“孩子怎么样？”

“踢得欢实着呢，相信我。”

“抽你的屁股，哈？”他又笑了，“老蒂希。”

他的脸又变化了，有一道光照亮了它，他真英俊。

“你见弗兰克了吗？”

“见了。他加很多班。他明天来这儿。”

“他会跟你一起来吗？”

“不。他跟海伍德一起，早上来。”

“他怎么样？”

“他还好，乖。”

“我那两个时髦姐姐呢？”

“她俩还那样。”

"还没嫁出去?"

"没呢，范尼，还没呢。"

我等着下一个问题。

"我妈妈呢?"

"我自然没见过她。但她好像还好。"

"她那虚弱的心脏还没让她送命，啊?你妈妈从波多黎各回来了吗?"

"还没回来呢，但我们想她该回来了。"

他的脸色又变化了。

"但是——如果那个女人还说我强奸了她——我就还得在这儿继续待一阵子了。"

我点着一支香烟，又把它掐灭了。孩子动了，就像它想瞄范尼一眼。

"妈妈觉得海伍德能够推翻她的证词。她好像是一个歇斯底里的女人。她毕竟是个暗娼——这不利于她的案子。还有——你是那一组嫌疑犯中最黑的一个人。还有几个白人、一个波多黎各人和两个浅棕色皮肤的人——但你是唯一的黑人。"

"我不知道这能有什么意义。"

"哦，它能有一个意义，就是这个案件有可能被法庭驳回。她说她是被一个黑人强奸的，于是他们把一个黑人和一大帮浅肤色的人一起放在嫌疑犯队列中。这样，很自然，她就说是你。如果她是在找一个黑人，她知道不可能是这其中的别的人。”

“那贝尔呢？”

“他嘛，他已经杀过一个黑人孩子，我跟你说过。海伍德要保证让陪审团知道这件事。”

“他妈的。如果陪审团知道这件事，他们说不定会给他一枚奖章。他会保证街道安全。”

“范尼，别这么想，宝贝儿。这件事开始的时候，我们就已经达成共识，我们要一天一天地过，不要失去冷静，不要想得太远。我完全了解你的意思，甜心，但那么想一点用处也没有——”

“你想我吗？”

“啊，上帝，当然。就是因为这个，你不能失去冷静。我在等候着你，孩子在等候着你！”

“对不起，蒂希，对不起。我会想开点儿。我真的会。但是，有时候真是太难了，因为我压根儿就不该在这儿，你知道吧？我内心里也有一些我自己都不了解的想法，我现在看见了一些我以前从来没有看见的东西。我无法用语言把这些东西表达出来，我害怕。我没有我想象的那样坚强。我比我想象的要年轻幼稚。但我会想开的，我答应你。我发誓，蒂希。我出去的时候，会比我进来的时候还要好。我发誓，我知道，蒂希。说不定有些东西我必须亲眼看到——我不进来的话就看不见。说不定，说不定是因为这个。哦，蒂希，你爱我吗？”

“我爱你。我爱你。你一定知道我爱你，就像你知道你脑袋上长着毛茸茸的头发一样。”

“我看着可怕吧？”

“哦，我要是能够用手摸摸你就好了。但在我眼里，你帅极了。”

“我也想用手摸摸你。”

一阵沉默，我们对视着。我们正互相看着对方，范尼身后的门打开了，出来一个人。这总是最可怕的时刻，范尼必须站起来，转身，我必须站起来，转身。但是，范尼很酷。他站起来，举起他的拳头。他笑着，在那里站了一会儿，死命地看着我的眼睛。有什么东西从他身上游走到了我的身上，那是爱和勇气。是，是，我们会熬过去的，总有什么办法，总有什么办法。我站起来，笑着，举起我的拳头。他转身进了地狱。我朝着撒哈拉走去。

这个世界失误的事太多，地区检察官办公室，公诉人，州政府——那些对付阿朗佐·亨特的人——设法控制、隔离或者恐吓每一个支持阿朗佐·亨特的证人。但他们自己也搞砸了，因为那天晚上，欧内斯汀借了那个女演员的车子和司机，把妈妈从肯尼迪机场接回来的时候，瘦了很多的莎伦告诉我们：“我又等了两天。我想，这事不能就这么完了。这事不能就这么完了。海梅说，就这样，这事还就这么完了。到这时候，这件事已经传遍了波多黎各全岛。谁都知道。海梅比我知道得还多。他说，我到哪儿都有人跟着，我们到哪儿都有人跟着，有天晚上，在出租车里，他证实了这一点。我改天再告诉你。”

妈妈的表情告诉我，她也看见了以前从来没有见过的东西。

“我再也不能四处走动了。最后这两天，海梅成了我的间谍，真的。他们对他的出租车，比对他还熟悉，你知道我什么意思吧。人们总是对外在的东西，比对内在的东西更了解。如果他们看见海梅的出租车来了，瞧，这是海梅。他们根本不看里面。”

约瑟夫的表情和莎伦一样。

“于是，他借了一辆别人的车。这样他们就不知道他来了。等他们看见他时，其实也没什么不同，因为他并没有和我在一起。他是风景的一部分，就像大海，就像垃圾堆，他们从小就认识他。他们不用看他。我以前从来没有见过这样的事情。他们可能不敢看他，就像他们不看垃圾堆一样，就像他们不看他们自己——就像我们也不看自己。我以前从来没有见过这样的情况。从来没有。我不会说西班牙语，他们也不会说英语。但是我们在同一个垃圾堆里，出于同一个原因。”

她看着我。

“同样的原因。我以前从来没有这么想过。那个发现美洲的人，应该用锁链拉回家处死。”

她又看着我。

“你怀着孩子，听见没有?”她笑了。她离我非常近。她离我非常遥远。“我们不能让任何人给孩子套上锁链。就这么简单。”

她站起来，在厨房里来回踱步。我们看着她，她确实瘦了很多。她手里拿着一杯杜松子酒加橘子汁。我知道她还没有打开行李。看到她拼命忍住眼泪，我意识到，她毕竟非常非常年轻。

“不管怎么说。他在那里，海梅在那里，他们把那个娘儿们带走的时候。她在尖叫。她流产了。彼得罗抱着她下楼，她已经开始出血了。”

她抿着她的酒。她站在我们窗前，非常孤独。

“她被带到山里去了，一个叫巴兰基塔的地方。你得知道那是哪儿才能去那儿。海梅说，人们不会再见到她了。”

审判就这么完了，检察官把他们最主要的证人搞丢了。我们在丹尼尔那里还有微弱的希望，即使我们知道在哪儿能够找到他，我们谁也见不到他。他被转到纽约上州的一家监狱。海伍德正在查询，海伍德在处理这个案件。

检方会要求更多的时间。我们会要求他们取消指控，并撤销案件。但是，我们必须准备取保——如果州方能够让步，如果我们能够凑足取保金。

“好吧。”约瑟夫说，站起来，走到窗前，站在莎伦身旁，但是没有碰她。他们看着厨房里的中岛台。

“你还好吧？”约瑟夫问，点着一支烟，递给她。

“嗯。我还好。”

“那咱们进去吧。你累了。你离开家有一阵子了。”

“晚安。”欧内斯汀坚定地说，莎伦和约瑟夫互相搂着，穿过门厅，走向他们的房间。在某种意义上，我们是他们的长者。孩子又踢我了。时光如流水。

但是，这一切对弗兰克的影响是灾难性的，绝对是毁灭性的，给他带去这个消息的是约瑟夫。此外，他们的现在如此不稳定，所以，约瑟夫只好去他们家转达这个消息。

他什么都没说，只是禁止欧内斯汀和我对亨特家的人吐露只字片语。

这时候都快半夜了。

亨特太太已经上床睡觉了。阿德里安娜和希拉刚刚回来，穿着睡衣站在厨房里，正在咯咯笑着，喝着阿华田饮料。阿德里安娜的屁股发胖了，希拉则完全没指望了。有人告诉希拉说，她看着像一个没什么名气的女演员梅尔·奥伯伦，她在《深夜节目》中见过她，于是她也把自己的眉毛修成奥伯伦的样子，但却没有达到同样的效果。这个奥伯伦娘儿们装扮得像一只鸡蛋，至少是拿了钱的。

约瑟夫那天早上还要去码头，所以他不能浪费时间。弗兰克也没有时间，他一大早也要去城里。

弗兰克把一听啤酒放在约瑟夫面前，自己倒了一点葡萄酒。约瑟夫喝了一口啤酒。弗兰克喝他的葡萄酒。他们对视了好长一段时间，知道女孩子们在厨房里大笑。弗兰克想让她们别再笑了，但他不能把视线从约瑟夫的眼前挪开。

“怎么？”弗兰克说。

“挺住了。我要给你一记沉重打击。审判推迟了，因为那个波多黎各娘儿们小产了，好像她反应强烈，精神失常了，兄弟，反正她是在波多黎各山里的什么地方，她不能行动，谁也不能见她，她现在不能到纽约来了，无计可施，所以市里要推迟审判——推迟到她能来的时候。”弗兰克没说什么，约瑟夫说，“你知道我说的意思吧？”

弗兰克喝着他的葡萄酒，轻轻地说：“嗯。知道。”

他们听见女孩子们在厨房里发出低低的声音，她们的声音快把这两个男人逼疯了。

弗兰克说：“你是说，他们要把范尼关在监狱里，一直关到这个娘儿们精神恢复正常。”他又喝了口他的酒，看着约瑟夫：“是这样吗？”

弗兰克的分析中的某种因素开始让约瑟夫感到惊恐，但他还不知道是什么。

“呃——他们是想这么干。但我们也可能通过交保释金把他接出来。”

弗兰克没说什么。女孩子们在厨房里咯咯笑着。

“多少保释金？”

“我们不知道。还没定下来。”他喝着啤酒，越来越怕，带着模模糊糊但深深的恐惧。

“保释金什么时候定下来？”

“明天，后天，”他不得不说，“如果——”

“如果什么？”

“如果他们接受我们的请求，兄弟。他们肯定会让我们付保释金的，”还有些话他也得说，“还有——我觉得这事不会发生，但最好还是考虑一下最坏的情况——因为这个娘儿们失去了孩子，好像还精神失常了，他们可能会加重对范尼的指控。”

沉默。厨房里传来女孩子们的咯咯笑声。

约瑟夫挠了挠胳肢窝，看着弗兰克。约瑟夫越来越觉得不自在。

“那么，”弗兰克终于说，带着冰一样的冷静，“我们完蛋了。”

“你怎么这么说，兄弟？情况不妙，我同意，但并没有完蛋。”

“啊，是啊，”弗兰克说，“完蛋了。他们逮住他了。他们准备就绪之前不会放他脱身的。现在他们还没有准备就绪，我们啥也干不了。”

约瑟夫出于恐惧，大声喊道：“我们总得干点什么！”

他听见自己的声音撞在墙上，后面是厨房里传来的姑娘们的笑声。

“什么？我们能干什么？”

“如果他们允许我们交保释金，那么，筹钱去——”

“怎么筹？”

“兄弟，我不知道！我只知道我们得筹钱去！”

“如果他们不让我们保释呢？”

“我们把他弄出来！我不在乎我们得怎么做才能把他弄出来！”

“我也不在乎！但我们能干什么？”

“把他弄出来。我们得干这个。我们都知道他压根儿就不该进去。那些撒谎的混蛋们，他们也知道。”他站起来。他在发抖。厨房安静下来了。“瞧瞧。我知道你的意思。你是说，他们掐住了我们的命门。好吧。但这是我们的骨肉至亲，兄弟，我们的骨肉至亲。我不知道我们该怎么办。我只知道我们得干点什么。我知道你不是为你自己害怕，上帝知道，我也不是为我自己害怕。那孩子得从那儿出来。就这么回事。我们得把他弄出来。就这么回事。最要紧的，兄弟，就是我们自己不要先乱了方寸。我们再也不能让那些狗脸白屁股混蛋们继续玩这些花招了。”他平静下来，喝着啤酒，“他们杀我们的孩子已经够久了。”

弗兰克看着厨房开着的门，他的两个女儿站在那里。

“没事吧？”阿德里安娜问。

弗兰克把酒杯扔到地板上，酒杯稀里哗啦碎了。“你们这两个傻乎乎的半白婊子，给老子滚开，听见没有？给老子滚开。如果你们是好女人，你们就会在街上卖身，把你弟弟救出来，而不是白白送给那些胳膊底下夹着一本书在你们周围闻来闻去的半吊子二尾子们。滚去睡觉！给老子滚开！”

约瑟夫看着那两个女儿。他看见了一种非常奇怪的东西，他以前从来没有想过的东西：他看见阿德里安娜带着一种非常绝望的爱，爱着她的父亲。她知道他在承受着痛苦。如果她能够，她会安慰他，她只是不知道如何安慰。为了搞清如何安慰，她什么都愿意做。她不知道，她让弗兰克想起她的母亲。

她一言不发，垂下眼睛走开了，希拉跟随着她。

巨大的沉默——沉默延伸着，延伸着。弗兰克把头埋在手中。然后，约瑟夫看出，弗兰克爱他的女儿们。

弗兰克什么也没说。泪水撒在桌子上，从他捂着脸的手心里滴落下来。约瑟夫看着泪珠落在手掌上，滚到腕骨上，然后，带着轻轻的、轻轻的、无法忍受的声音，滴洒在桌子上。约瑟夫不知道说什么好——还不知道。

“这会儿不是哭的时候，兄弟。”他说。他喝完了啤酒，看着弗兰克：“你没事吧？”

弗兰克终于说：“嗯。我没事。”

约瑟夫说：“睡会儿吧。我们一大早就得想办法去。我明天晚上再跟你谈。行吗？”

“行，”弗兰克说，“我知道了。”

范尼听说审判延迟了，并知道了延迟的原因，以及维多利亚的灾难会对他的灾难产生什么影响时，他身上出现了一种奇怪却又非常美妙的状况。他并没有放弃希望，他只是不再死命地抓住它。

“好吧。”他就说了这么一句话。

我好像是第一次看见他的颧骨，这可能是真的，因为他瘦了那么多。他直直地看着我，看透我。他的眼睛又大，又深，又黑。我觉得有些如释重负，又觉得害怕。他移动了——并不是离我更远，但他移动了。他站在一个地方，而我不在那里。

他用他那充满深情的、大大的眼睛看着我，问我：“你没事吧？”

“嗯。我没事。”

“孩子没事吧?”

“嗯。孩子没事。”

他笑了。不知道为什么，他的笑令我吃惊。我总能看见那缺了颗牙的空当。

“好。我也很好。你别担心。我会回家的。我会回到你的身边。我要把你搂在我怀里。我要你用手拥抱着我。我要双手搂抱着我们的孩子。一定。你得保有信心。”

他又笑了，我心中的一切都被触动了。啊，这是爱。这是爱。

“你不要担心。我会回家的。”

他又笑了。站起来，向我敬礼。他深深地看着我，脸上带着一种我从来没有见过的表情。他轻轻地碰了一下自己，他低下头来亲吻着玻璃，我亲吻着玻璃。

现在，范尼知道他为什么在这里——他为什么在他所在的地方。现在，他终于敢看看他周围的环境了。他来这里，不是因为他做过什么事情。他一直知道这个，但是，现在他的理解有所不同。吃饭时，洗澡时，上下楼梯时，晚上，大家被锁起来之前，他会看着别人，他会听：他们犯什么事了?没干什么。关键是有权力把这些人放在他们所在的地方，把他们固定在他们所在的地方。这些被俘的人是一个隐蔽的谎言的隐蔽的代价：正义的人一定能够找到被诅咒的人。关键是要有支配被诅咒的人的权力和需要。但是，范尼想，这也是相辅相成的。你要么进去，要么出来。好吧。明白了。操蛋。你不会把我绞死的。

我给他带书来，他读书。我们设法给他带来了纸张，他画素描。现在他知道他在哪里，他开始和别的人交谈，也就是说，让自己感觉像在家一样。他知道，在这里，什么事都有可能发生。但是，既然他已经知道，他就不再回避。他必须面对它，甚至向它挑战，戏耍它，和它斗狠。

因为他拒绝被强奸，他被关了禁闭。他又丢了一颗牙齿，还差点儿丢了一只眼睛。他身上某样东西硬化了，某样东西永远改变了，他的眼泪在腹中冻结了。但是，他已经跳出了绝望的海角。他在为他的生命而战。他看见他的孩子的脸，他有一个必须赴的约会。他身处泥沼之中，出着汗，散发着臭气。他发誓，等孩子出生的时候，他一定会在那里。

海伍德安排了将范尼保释出来的可能性。但是，保释金很高。然后夏天来了。时间。

在一个难忘的日子里，小佩德罗把我从西班牙餐馆送回家，我又沉又重，我走到椅子跟前，坐下来。

孩子闹腾个不停，我很害怕。预产期快到了。我累死了，我都快想死了。因为范尼被关了禁闭，我有好长时间没看见他了。这一天，我见他了。他那么瘦，还满身是伤，我差点哭出声来。对谁，哪里？我在范尼大大的、上挑的黑色眼睛里看见了这个问题——这双眼睛现在燃烧着，像一位先知的眼睛。但是，当他笑时，我又看见了我的爱人，就像我第一次看见他一样。

“我们得让你身上长点肉，”我说，“上帝，仁慈一点吧。”

“大点声。他听不见你说的话。”但他说这话的时候，面带着笑容。

“我们快凑足你的保释金了。”

“我知道你们会凑足的。”

我们坐在那里，我们对视着。我们越过那些玻璃、石头和钢铁做爱。

“听着，我马上就出来了。我要回家了，我很高兴我来这里了，你能相信这个吗？”

我看着他的眼睛。

“能。”我说。

“不过，我是个手艺人。就像一个造桌子的家伙。我不喜欢艺术家这个词。我可能一直就不喜欢这个词。我他妈都不知道那是什么意思。我是一个用手从睾丸那儿工作的人。我现在知道这是怎么回事了。我觉得我真的明白了，即使我垮掉。但现在我觉得我不会垮掉。”

他离我很远。他和我在一起，但他又非常遥远。而且，他永远都会很遥远。

“不管你把我带到哪里，”我说，“我都会跟随着你。”

他笑了。“宝贝，宝贝，宝贝。我爱你。我要给我们打造一张桌子，好多人会在上面吃饭，吃很长很长时间。”

我坐在椅子上，从窗户向外望着这些可怕的街道。

孩子问，他们之中没有一个正义的人吗？

然后它踢了一下，但是跟以前大不相同，我知道我的预产期马上快到了。我记得我看了一眼我的手表：七点四十。我独自一人，但我知道马上就有人要进门。孩子又踢了，我屏住呼吸，我快要哭出声来了，电话响了。

我穿过房间，又沉又重，又沉又重，我拿起电话。

“喂？”

“喂——蒂希？我是阿德里安娜。”

“你好，阿德里安娜。”

“蒂希——你看见我爸爸了吗？弗兰克在不在那儿？”

她的声音差点把我击倒了。我从来没有听见过她这样的恐慌。

“没有。怎么啦？”

“你最后一次见他是什么时候？”

“哦——我最近就没见过他。我知道他见约瑟夫了。但我没见他。”

阿德里安娜在哭。在电话里听起来很可怕。

“阿德里安娜！怎么啦？到底怎么啦？”

我记得，在那个瞬间，有什么东西静止不动了。太阳静止不动，地球静止不动，天空俯视着下方，等待着，我把手放在胸膛上，让心脏重新跳动。

“阿德里安娜！阿德里安娜！”

“蒂希——我爸爸被解雇了，两天之前——他们说他偷东西，他们吓唬他说要把他送到监狱里去——他很难过，因为范尼的事等等，他回家时喝醉了，他见谁都大骂，然后他就出门了，然后谁都没有再见过他——蒂希——你不知道我爸爸在哪儿？”

“阿德里安娜，宝贝，我不知道。我向上帝发誓，我不知道。我没见过他。”

“蒂希，我知道你不喜欢我——”

“阿德里安娜，你和我，我们吵过一架，但这没事。这是正常的。这并不说明我不喜欢你。我永远不会做伤害你的事情。你是范尼的姐姐。如果我爱他，我也得爱你。阿德里安娜？”

“你要是看见他的话，能给我打电话吗？”

“会的，一定，一定，当然了。”

“求求你，求求你，求求你。我害怕。”阿德里安娜用一种低低的、全然不同的声音说，然后把电话挂了。

我放下电话，门里的钥匙转动了，妈妈进来了。

“蒂希，你怎么了？”

我回到我的椅子跟前，坐下来。

“是阿德里安娜。她在找弗兰克。她说他被解雇了，他很难过。阿德里安娜——这可怜的孩子听上去像是崩溃了。妈妈，”我们对视着，妈妈的脸像天空一样平静，“爸爸见过他吗？”

“我不知道。但是，弗兰克没来这儿。”

她把她的包放在电视顶上，走过来，用手摸我的额头。

“你感觉怎么样？”

“有点累。不太舒服。”

“我给你拿点白兰地？”

“好。谢谢你，妈妈。这主意可能不错，能帮我止一止反胃。”

她走到厨房，拿着白兰地回来，放到我手里。

“你胃不舒服？”

“有点儿，一会儿就好了。”

我喝着白兰地，看着天空。她看了我一会儿，然后又走开了。我看着天空，天空就像有什么话要告诉我。我在一个奇怪的地方，独自一人。一切都静止不动。连孩子都静止不动。

莎伦回来了。

“你今天见范尼了？”

“见了。”

“他怎么样？”

“他棒极了。他们打了他，但他们没有打败他——你知道我的意思吧。他棒极了。”

但我累极了，我记得我都说不出话来了。有什么事将要发生。我就是这样的感觉，坐在那把椅子里，看着天空——我动弹不得。我能做的唯有等待。

直到我的变化到来。

“我想，欧内斯汀凑到别的钱了，”莎伦笑着说，“从那个女演员那儿。”

我还没来得及说什么，门铃就响了，莎伦走到门口。她在门口说话的声音，让我站起身来，把白兰地酒杯摔在地上。我还记得莎伦的表情，她站在我父亲身后，我记得我父亲的表情。

弗兰克找到了，他告诉我们说，在河的上游，上游很远的地方，在树林里，坐在他的车里，门锁着，发动机在运行。

我在椅子上坐下。

“范尼知道吗？”

“我觉得他不知道，还不知道。他要到早上才知道。”

“我得告诉他。”

“你要到早上才能去那儿，闺女。”

约瑟夫坐下。

莎伦厉声问我：“你怎么样，蒂希？”

我张嘴说——我不知道说什么。我张嘴时，无法呼吸。一切都消失了，除了我母亲的眼睛。一种难以置信的信息充斥着我们之间的空气。然后，我能看见的只有范尼。然后，我尖叫起来，我要生了。

范尼在雕刻木头，在雕刻石头，嘴里吹着口哨，微笑着。从遥远的地方，但又越来越近，孩子哭啊哭啊哭啊哭啊哭啊哭啊哭啊哭啊哭啊哭，哭得就像它要唤醒死亡。

完稿于“哥伦布日”一九七三年十月十二日
于圣保罗德旺斯

译后记

杜先菊

拿到《假如比尔街可以作证》时，我并不知道詹姆斯·鲍德温是谁，更没有读过他的小说。看他的照片，瘦骨嶙峋，也没有马上产生似曾相识的亲切感。

然而，打开小说，第一句，就觉得亲近。是一个女孩子蒂希的自述。

我平时接触的黑人并不多，理念上自觉比较进步、平权，实际上，下意识中还是有很多偏见。初到波士顿上学时，住的地方周围有些公寓，公寓里有些黑人，而且，和这本书巧合的是，还有很多波多黎各人，夏天有个日子，波多黎各人还会在镇中心举办一次波多黎各文化节。

刚拿到英文原稿时，我觉得应该做些家庭作业。大约亚马逊的大数据偷窥到了我的搜索行为，向我推荐了一部关于詹姆斯·鲍德温的纪录片：《我不是任何人的黑鬼》

（*I'm Nobody's Negro*）。这部纪录片拍得很有激情——如果对主人公们缺少同情，估计会说它煽情——但我此时来看，却正好天时地利人和，奠定了我翻译鲍德温小说的情感基调。

起初，我并不知道，在很多黑人眼里，警察确实会故意捏造证据来诬陷他们。

一九九四年 O.J. 辛普森案发时，我正好在以色列，错过了那场热闹。后来听说，那一天，所有的电视频道，播放的一律都是 O.J. 辛普森开着白色野马跑车在高速公路上飞奔的镜头。O.J. 辛普森案宣判那一天，我和上同一堂研究生座谈课的同学、萨哈罗夫的继女塔吉雅娜一起吃午饭。当时我背对着屏幕，塔吉雅娜则面对着屏幕，审判结果一宣布，我只记得塔吉雅娜脸上那难以置信的神情：他无罪！“He walked!”

我们都觉得很显然，应当肯定是辛普森干的，检方提供了看起来足够确凿的证据。后来的民事诉讼也判定辛普森有责任。调查辛普森案件的警官马克·菲尔曼是个优秀的警官，受这个民事案件结果的鼓舞，一九九八年写了一本书《格林尼治的谋杀》，指明肯尼迪家族的外甥迈克尔·斯盖科尔是发生在一九七四年的一桩杀人案的凶手。

这个案件已经被搁置了很多年，斯盖科尔当时才十五岁。案件重开之后，斯盖科尔被判有罪，获刑二十年。

然而，很多黑人却对辛普森的清白深信无疑。他们就是觉得警方居心不良，菲尔曼故意安置了带血的手套，诬陷辛普森。初时我对此百思不得其解，直到读过一些历史之后，才开始明白，他们究竟为什么会有这样的想法。

詹姆斯·鲍德温心中有很多愤怒。他对美国政治十分失望，认为美国的问题并不仅仅是黑人的问题，而是整个社会的问题。他同时还是同性恋，于是更觉得在美国社会受到各种歧视和限制。他愤而出走，成年以后的大部分年头都是在法国度过的。

小说讲了一个故事。在这个故事里面，小说男主人公、黑人男青年范尼被指控为强奸犯。受害人则是一名波多黎各女性。读故事的时候，你会体会到，在偏见之前，哪怕是基于无知的偏见面前，要证明自己的清白有多么艰难。更何况，伴随着偏见的，往往还有刻意的恶意。

翻译到后面，感觉这本书并没有写完。鲍德温并没有明确告诉我们故事的结局，而且书本来是有标号的，前面百分之八九十都是第一部。第二部才刚刚开始，小说就戛然而止。然而，作者尽量在告诉我们，他们会有出路。这也说明，鲍德温本人对美国并没有完全放弃希望，民权运动中，他还专程回到美国，就是希望能够参与其中。

因此，他的文字中，就表现出一种超越种族、超越国度的人性的力量。他的信心和信念大约也来自这里。鲍德温不是像丹泽·华盛顿那样的英俊黑人男子，但他有一种很强的书卷气，赢得了我的信任。于是，我就用他的眼光看待世界，看待他笔下的人物。尽管他笔下这些小人物都很艰难地生活在社会底层，满嘴俚语脏话，但是，他们身上闪耀着的人性的光辉，却能够超脱于底层社会的丑恶和肮脏，让我们能够透过表面的粗俗，看到他们的人性、他们的爱恨情仇、他们的喜怒哀乐、他们的悲欢离合。小说结尾，哪怕是刚开始作者以讽刺的笔调描写的人物，其实也都有一颗善良的心，只不过他们所处的环境和情势，使他们无法谈吐斯文、举止优雅，也无法享受锦衣玉食、成功辉煌。

碰巧看了迈克尔·法斯宾德的电影《侵犯我们》(*Trespassing against us*)。电影中，法斯宾德演一个犯罪分子，一开场他就让九岁的儿子掌握方向盘开快车，而且满嘴污言秽语，张口闭口就是“靠”。但是，一场电影看下来，你却能够透过这一切粗俗的外表、语言甚至行为，看见他身上的人性和他对家人的温情。

有朋友是法斯宾德的脑残粉，说他身上有贵族气质。我一直只觉得他“装”，典型的受过正规戏剧舞台训练的演员，演什么都端着个架子。丹尼尔-戴·路易斯也端着架子，但他演的是贵族，情有可原。看完这场《侵犯我们》，我才突然明白，正是法斯宾德身上的“贵族气质”，使他能够在说脏话、干坏事的时候，还能够保持一种人性的尊严。

更何况，他做的坏事，还不是杀人，只是越货，抢的还不是穷人的救命钱，而是富人家的收藏，我们给他放宽道德尺度的同时，也不会变成容忍罪恶。

和这部电影一样，詹姆斯·鲍德温的文字叙述非常优雅。男女主人公都很年轻，男主人公范尼很英俊，虽然出身卑微、受教育程度不高，却不甘沉沦。范尼喜欢雕塑，一边打零工维持生计，一边把全副身心都放在雕塑上。鲍德温没有讲范尼是不是受过雕塑或艺术的基础训练，我感觉，他就是想让自己的主人公有一种超越自己的物质环境的意念和行动，然后告诉我们，他周遭的一切，又是在如何残酷地打破这个年轻人的梦想。

这种优雅是很有必要的。于是，我在翻译的时候，碰到粗俗俚语时，在翻译的权限内，尽量挑选一些不那么刺眼的词，因为我觉得，只有这样，才能准确传递原作的氛围和作者的意向。

说到底，这里有一点“附庸风雅”的味道，目的是为了尊重作品、原作者和作品中的人物，希望他们在书中的谈吐、衣着甚至行为，不要遮挡了他们的人性。当然，这不是重新改写原作中的粗粝与锋芒，也不是为了粉饰太平，而是希望在新的中文语境中，仍然能凸显他们的人格和人性。这是我的责任，也是我认真的选择。

翻译过程中，除了要琢磨具体的词句，更重要的，是要把握一种情绪、一种心态。而且，这还不是自己的情绪、自己的心态，而是原作者的情绪和心态。看完纪录片中的鲍德温之后，我就进入了一种情绪，其中有对情境的悲哀、无奈，也有对人的亲近和温情。大约演员演戏时也会这样，“进入角色”，然后言谈举止都有了一种特定的程式和风格。选定了这种程式和风格以后，白天照常忙碌上班和家务，一坐下来翻译，这种情绪就占了主导，翻译起来就觉得非常顺手。

进入角色，一气呵成完成译稿之后，我把译文搁置在一边，过一阵子，再重新以审慎的目光去看它，调整具体的文字和遣词造句。然而这都是细节，前面的情绪基调把准了，文字斟酌乃至纠错都不过是小可而已。

《假如比尔街可以作证》也在拍电影，我一方面庆幸我还没有看电影，因而翻译时没有受到电影的左右，毕竟影像的力量十分强大；另一方面，我又十分期待电影，希望电影能够有和我一样的诠释，如果不同，想看看差别又究竟在哪里。

图书在版编目(CIP)数据
假如比尔街可以作证/(美)詹姆斯·鲍德温(James Baldwin)著;
杜先菊译. —上海:上海译文出版社,2019.10
书名原文:If Beale Street Could Talk
ISBN 978-7-5327-8121-8

Ⅰ. ①假… Ⅱ. ①詹… ②杜… Ⅲ. ①长篇小说-美
国-现代 Ⅳ. ①I712.45
中国版本图书馆 CIP 数据核字(2019)第 072120 号

图字:09 - 2019 - 191 号

假如比尔街可以作证
[美]詹姆斯·鲍德温　著　杜先菊　译
特约策划/彭伦　责任编辑/徐珏　装帧设计/封面插画/马岱姝

上海译文出版社有限公司出版、发行
网址:www.yiwen.com.cn
200001　上海福建中路 193 号
昆山市亭林印刷有限责任公司印刷

开本 850×1168　1/32　印张 8　插页 2　字数 101,000
2019 年 10 月第 1 版　2019 年 10 月第 1 次印刷
印数:0,001—8,000 册

ISBN 978-7-5327-8121-8/ I·4995
定价:49.00 元